Y

Ve

SPECIMEN.

NEMESIS

INCORRUPTIBLE,

Par J.-F. Destigny de Caen.

AUTEUR DE LA BARTHÉEEMIADE

LE 11 OCTOBRE

ET CAROLINE DE BERRY DEVANT LES CHAMBRES.

J'ai promis : l'heure sonne, et ma muse assidue
Voit tomber la barrière et s'élance éperdue...
Mais l'arène est immense!... Auguste Liberté!
Pénètre mes accens de ta mâle fierté.
Si jamais le suppôt d'un indigne esclavage
Venait heurter l'esquif que j'arrache au rivage,
Plonge un regard de feu dans mon sein embrasé,
Je franchirai d'un bond cet écueil écrasé....

Sois, de grâce! propice à la voix qui t'implore.
Et soutiens dans les airs l'aiglon qui vient d'éclore !

Et toi, fille d'Enfer, toi la terreur des rois,
Rase d'un vol bruyant ces antiques parois
Que l'Avarice gratte aux flancs des Tuileries;
Reparais au Conseil en reine des Furies.
Naguère un lait impur engourdit tes serpents,
Tu dormais aux genoux des despotes rampants,
Et ton fouet servit à renouer leur chaîne :
Réveille ta fureur; la tempête est prochaine.
Entends gronder l'orage, il monte à l'horizon....
La vengeance trépigne, ébranle sa prison,
Et l'éclair précurseur a sillonné la nue.
Vois tout Paris s'étreindre en l'étroite avenue
Qui mène au Sinaï, dont les tables d'airain
S'épurent au creuset du Peuple-Souverain :
C'est le berceau des lois. Si la Liberté sainte
A l'esclave profane interdit son enceinte,
Je suis libre, avançons.... Fidèle à son mandat,
Le Député reprend la pote du soldat ;
Il va combattre encore, et sa main tient la foudre....
Oui, l'éteincelle enfin va tomber sur la poudre!

Sous le coup qui détruit son rêve et ses complots
Le *Carlisme* en grand deuil roucoule des sanglots,
Et l'hydre dont Octobre a rajeuni les têtes
Gémit de son courage et maudit ses conquêtes ;
La *Doctrine* frémit d'éteindre le brandon
Et vient au Vendéen demander son pardon;
La loi frappait hier, aujourd'hui son droit cesse :
Le glaive est plébéien, Caroline est princesse !...

Quel est ce nain qui trône aux gradins du pouvoir ?
La commune douleur n'a point su l'émouvoir :
Quand il veut sur sa lèvre étouffer un sourire
Sa poitrine bondit ; sa joie est un martyre
Qui semble par accès galvaniser son front.....
C'est THIERS ! Il crut laver l'indélébile affront
Que l'Europe imprima comme un sceau d'anathême
Sur le drapeau sali des lapons du *Système*,
Quand il se vint rouler dans ses propres filets....
Tu voudrais du bâton affranchir ces valets,
Arracher ces forçats au banc du ministère :
Insensé ! la clémence a libéré ton père ;
Les fers tombent des mains qui n'ont pris que de l'or :
Mais la France n'avait que l'honneur pour trésor,
Ces lâches l'ont vendu pour dorer ta livrée....
D'un bonheur de *trois jours* la Patrie enivrée,
S'endormit et s'éveille à nos cris déchirans,
Et tu veux l'avilir à flatter ses tyrans....
Où ton orgueil a-t-il puisé tant d'insolence ?
Déroulons ton histoire : écoute, je commence.
Quand un Thiers eut du bagne évité le cachet,
Il vint grossir les rangs de la meute Franchet ;
C'était sous les Bourbons et leurs sales polices
Jusqu'en dix-huit cent-trente ont gagé ses services.
On dit-même (il court tant de propos indiscrets !)
Qu'il vient au râtelier ronger les *fonds secrets*,
Et pomper des impôts les sucs illégitimes.
J'en doute : Quand on voit souscrire à *cinq centimes*
Pour jeter à ton oncle un modeste cercueil,
On peut pour tes parens juger de ton accueil.
S'il dévore après toi le budget en curée,
Ton père n'a point vu ta main dénaturée
Laisser tomber sur lui les restes du festin...
Il doit plaindre un ingrat et bénir son destin.

Un ingrat!.. que d'horreurs ce mot seul me rappelle!
Oh! si je te voulais passer à la coupelle;
Si démaillant aux yeux des lecteurs indignés
La chaîne des exploits que ta main a signés,
Je remontais aux jours où, moulu de misère,
Tu tendais aux passans la besace légère
Que LAFFITTE longtemps enfla de ses deniers...
Quand l'honnête Ministre eut vidé ses greniers,
Quand du fleuve tari tu crus ne rien attendre,
Comment as-tu payé sa charité si tendre?..
Ingrat! vide à longs traits la coupe du mépris;
La honte est sans effet et l'honneur est sans prix
Pour un cœur ulcéré par l'infâme habitude
De croupir dans la fange et dans l'ingratitude...

Cet autre, c'est HUMANN : encore un parvenu!
La frontière a deux fois triplé son revenu.
C'est un juif au pinacle; et peut-être sa bande
Fera couler demain le fisc en contrebande...

Qui vient après? GUIZOT!.. trop heureux intrigant
Qui suivit autrefois l'Absolutisme à Gand;
Flatteur caméléon du puissant qui gouverne,
Lèpre des électeurs, Massillon de taverne,
Que moi-même j'ai vu prôner sur des tréteaux,
Escamoter un vote à d'innocens rustauds,
S'accrocher au pouvoir, puis aux mines publiques
Gorger de nos tréseors ses agens faméliques.
Quant à l'homme écrivain, pédagogue apprêté,
Son nom brille souvent d'un éclat emprunté,
Et, si j'en crois l'*on dit*, quand l'orateur déclame,
C'est du Guizot paré des couleurs de Madame :

Aussi nos fils diront : « Quel burin il avait ! »
Clio dictait l'Histoire, et Guizot écrivait.

Suivons donc pas à pas ces ministres d'élite,
Parasites blasés, trio cosmopolite,
Broutant où la Fortune a semé ses présens ;
Quand ils auront fermé tes yeux agonisans,
Mourante Liberté, leur culte mercenaire
Fera de notre France un vaste séminaire,
Et baisant le tronçon du vieux sceptre brisé,
Plâtrera sur le trône un roi fleurdelisé.
Non, ma raison s'égare..... On peut les voir encore
Encenser le Baal que le *Carlisme* adore ;
Mais le Peuple, qui rompt des pantins vermoulus,
Garde un mortier de fer pour les rois absolus.

La loi, qui doit être *une*, épargnait, indulgente,
Les assassins dorés d'une *auguste Régente*,
Quand le crime s'enflait d'un insultant orgueil,
L'arbitraire écrasa la Capitale en deuil :
Des cadavres sanglans, tombés du Pont-d'Arcole,
Portant sur leur sein nu le sceau d'un protocole,
Ont roulé dans la Seine ; et ce n'est point assez.....
Il faut joindre un forfait aux forfaits entassés.

Pour fondre à son Henri le trône qu'il mendie,
CAROLINE a deux ans attisé l'incendie ;
Et d'un poignard bénit, ses nouveaux Trestaillons
Ont tari tout le sang de trente bataillons.
Nantes livre à ses fers l'héroïne vandale ;
Mais un ministre en vain a sondé le dédale

Où la Justice prend la foudre de ses lois,
Il faut un glaive vierge à la Fille des Rois.
La raison progressive et deux siècles de rouille
Ont fermé l'arsenal où l'Argus plonge et fouille
Quand il s'agit d'abattre un peuple généreux ;
Sa main l'assassina de son édit poudreux. (1)
Mais un front cuirassé de son vieux diadême
Peut affronter l'arrêt du tribunal suprême....
Eh ! que m'importe à moi sa noblesse ou son rang ?
La main d'une proscrite a trempé dans le sang ;
La vengeance a hurlé, c'est du sang qu'il lui faut.
Les Rois ne font qu'un pas du trône à l'échafaud !...
Mon cœur s'ouvrait pourtant à sa douleur amère ;
Elle a pour attendrir un beau titre : elle est Mère !
Et ce nom amollit des entrailles de fer.
Oui, mais quand cette mère, au fond d'un feu d'enfer,
Voit, d'un œil sec, rouler la France amoncelée
Pour saisir en débris sa puissance écroulée,
Ses cris ne percent plus des poitrines d'acier ;
Sa tête veut le coup du fatal balancier.

Au Château, direz-vous, la Reine fond en larmes,
Et peut-être demain tout le *Carlisme* en armes,
Sous le *drapeau des lis*, va déborder sur nous....
Le *Carlisme !*.. insensés ! il se traîne à genoux.
Sous le plomb meurtrier de la grande Bataille
Le Peuple n'a point vu sa lâche valetaille,
Et le succès alors était encor douteux.

(1) on se rappelle sans doute le fameux édit de 1666 que le Pouvoir exhuma
pour contraindre le corps des médecins, au mépris de leur serment, à livrer
au bourreau les malheureux échappés à la mitraille de juin, et l'on n'a point
oublié leur courageuse réponse.

Du noble Saint-Germain quand le baron goutteux
Brandissant d'une main sa *vaillante* rouillée,
Déroulerait enfin la bannière souillée,
Où viendrait expirer son impuissant effort?..
La Patrie est un camp, tout patriote un fort
Que naguère on a vu foudroyer des armées...
Du temple de Janus les portes sont fermées.
Oui, mais la Reine pleure, et le Juste-Milieu,
Plus sensible qu'un roi *par la grâce de Dieu*, (1)
Pour essuyer des pleurs, que Thiers a dû maudire,
Lui jette par lambeaux le pacte qu'il déchire,
Le traité des vainqueurs, la CHARTE-VÉRITÉ !...
Infâme ! sous le poids d'une illégalité
Tu chancelles encore et ta main criminelle
Veut graver sur ton front une honte éternelle...
Des Ministres flétris les cris accusateurs
Ont étouffé la voix d'un troupeau de flatteurs,
En t'ouvrant leurs cachots, ils peuvent te confondre :
Leurs crimes sont les tiens, que vas-tu leur répondre?
Et le peuple, tu sais, n'est point lent à punir,
Car, fidèle au présent, il nargue l'avenir....

---

(1) Charles X apprenant le 28 juillet le massacre et la courageuse résistance
du Peuple, s'écria, sans interrompre sa partie de *Piquet : Que Marmont*
poubles les forces, il faut en finir....!

*   *

*

Si par le fiel mordant où ma plume est trempée
L'opinion timide un instant fut trompée,
Lisez et jugez-moi; voilà ma *Trinité*:
Je veux, la CHARTE, un ROI, je veux la LIBERTÉ!
La Charte de Juillet, un roi.... digne de l'être,
La Liberté pour tous et le Droit seul pour maître.
Respectant le Pouvoir, j'en veux fronder l'abus,
Et venger mon pays des affronts qu'il a bus...
Si l'on me voit jamais encenser la couronne,
Ce sera pour chanter le Peuple qui la donne.
Je suis indépendant, je veux rester actif,
Car sous des verroux d'or on n'est pas moins captif...
De nos drapeaux enfin rajeunissant la gloire,
J'y veux comme autrefois enchaîner la victoire,
Et saisir sans trembler un triomphe tout prêt...
Vous savez tout, LECTEURS; prononcez mon arrêt.

J.-F. **Destigny.**

Cette Satyre politique, paraissant tous les dimanches par livraison d'une feuille
in-4°, formera à la fin de l'année un volume complet de 52 feuilles.

PRIX DE LA SOUSCRIPTION:

Pour les 52 livraisons. . . . . . . 40 fr. Pour   13   id. 10
Pour   26   id. 20   Et 2 fr. de plus pour les départemens.

ON SOUSCRIT :

Chez PAULIN, libraire, place de la Bourse, et chez PERROTIN, éditeur,
rue des Filles-Saint-Thomas, n° 1, place de la Bourse.

Paris. — AUGUSTE MIE, IMPRIMEUR, Rue Joquelet N. 9,
Place de la Bourse.

NÉMÉSIS

INCORRUPTIBLE.

Par J.-F. Destigny de Caen,

AUTEUR DE LA BARTHÉLEMIADE.

LE JUSTE-MILIEU DEVANT L'ENNEMI.

Sur les débris fumans de l'aristocratie,
Louis de son vieux trône usé par l'inertie
Tomba précipité.... La République alors,
Qui n'avait au berceau que des bras pour trésor,
Vit déborder sur nous l'Europe tout entière;
Mais, convoquant ses fils à l'extrême frontière,
Elle étreignit les rois au fond de leurs palais,
Dans les murs de Toulon épouvanta l'Anglais,

Fit retentir Fleurus de ses chants de victoire,
Et donna chaque mois un volume à l'histoire !
La Liberté parquant les vaincus par troupeaux
Ombrageait l'univers de ses vastes drapeaux ;
Le Rhin était français, et ses ondes germaines
Baignaient sans les borner nos immenses domaines ;
La Hollande bientôt fut soumise à nos lois :
L'Espagnol effrayé du bruit de nos exploits
Arbora nos couleurs au dos des Pyrénées ;
La Prusse aux nations par la foule entraînées
Se joignit et baisa nos pieds républicains.
Des beaux champs d'Italie aux climats africains,
Rapide comme un trait emporté dans les nues,
Bonaparte s'ouvrit des routes inconnues ;
L'Égypte vit voler sur des sables mouvans
Le conquérant du monde et ses remparts vivans,
Et le feu du Thabor fit poindre l'auréole
Sur un front ombragé des grands lauriers d'Arcole.
La Victoire endurcit le vainqueur à ses jeux :
Du vieux Mont-Saint-Bernard gravir les flancs neigeux,
Rouler comme un torrent en balayant la plaine
Que la fuite encombrait de vaincus sans haleine,
Engraisser Marengo d'esclaves abattus,
Vaincre, et forger des fers à nos tyrans battus,
Voilà le bulletin de quarante journées !
Le Peuple-Roi jouait aux têtes couronnées.....
Un Phaéton, l'Empire en brûlant nos succès
Tripla de ses rayons l'éclat du nom français ;
L'Europe s'écroulait sous le poids de nos armes,
L'aigle s'abîme et laisse un grand nom et des larmes !

Après quinze ans de honte, armé de son courroux,

JUILLET vint arracher à d'infames verroux
La gloire que les rois ont trop long-temps flétrie.
Veuve de Waterloo, malheureuse Patrie,
Ton front avait jeté le crêpe du trépas;
L'aurore te promit un jour qui ne vint pas!
Qui donc a pu faner tes fleurs de fiancée?
Arrête; laisse-moi dérouler ma pensée.

Aux jours où, dans le feu d'un sublime transport,
Cent mille bras de peuple ont poussé jusqu'au port
Ton vaisseau balloté par des flots sacriléges,
Quand le droit a voulu rompre les priviléges,
Au despote flanqué de cent foudres d'airain
Qui vint au champ de mort disputer le terrain?
Tes vengeurs tatoués de poudre et de carnage
Ont-ils vu dans leurs rangs éclaircis par l'orage
Ces superbes jongleurs, chamarrés de cordons,
Tous ces mimes de cour, ces Ministres bourdons
Que l'abeille nourrit du suc de ses entrailles?
Non; ne les cherchez pas un jour de funérailles.
Le plomb frapper un cœur cuirassé de satin!
Oh!.... pour nous la mitraille et pour eux le butin;
C'est de nos *très-puissans* un usage vulgaire :
Le peuple est l'instrument que Dieu fit pour la guerre..

Quand donc sortirez-vous d'un absurde repos?
Le prolétaire las de vous gorger d'impôts,
Vermine des *Trois Jours,* veut l'honneur en échange.
Eh! ce n'est point d'état c'est de maîtres qu'il change;

Ses fers bien que dorés n'en sont pas moins des fers.
Que nous importe à nous cette prise d'Anvers
Dont le juste-milieu, dans sa vaine jactance,
Vante depuis six mois l'inutile importance?
Après de tels combats les triomphes sont beaux.
Les rois vont s'arracher la Belgique en lambeaux,
Abreuver dans ses flancs leur rage dévorante,
Se rouler sur le sein de la vierge mourante,
Et peut-être demain un bras plus flétrissant
Etendra sur nos fronts un sceptre teint de sang.

Aux jours où, dans le but d'un sublime projet,
Dont votre lâche loi (le peuple ont jesqu'a....

La France qui d'un mot a fait trembler la terre
Se courbe maintenant au joug de l'Angleterre.
Devions-nous, Liberté! descendre à cet affront!
Quand aux jours de vengeance un vol sublime et prompt
T'emporta triomphante aux champs de Varsovie,
Quand ta voix réveilla la Pologne asservie,
Devant son aigle blanc qui vainquit autrefois
Le coq battit de l'aile et s'inclina trois fois.
L'autocrate pâlit; car il croyait encore
La victoire fidèle au drapeau tricolore.
Mais la *Doctrine* enfin éclaira son erreur;
Ses valets, loin de mettre un frein à sa fureur,
Ont grossi de leurs cris son houra sanguinaire.
Le cosaque essuyant sa lance mercenaire,
Foule d'un pied profane un sol jonché de morts.
Reproches impuissans! L'aiguillon des remords
S'émousse sur un cœur endu. ci par le crime.

Quand défit écrivez-vous d'un aimable repos,
Se mêlàient les de vous gorge d'Intripbs,
Voici mille Trois Jours, vont l'écriture en échange.

Ces modernes Romains qu'un vil despote opprime,

Héritiers du seul nom de leurs libres aïeux,
Ont relevé la tête, et nous suivant des yeux
Comme un astre lointain qui roule dans le vide,
Leur cœur a tressailli dans leur poitrine avide,
A notre *Marseillaise* ils ont battu des mains,
Ils bondissaient... l'Autriche a barré les chemins.
Le Saint-Père a crié: Qu'on traque *ces esclaves*:
Des ministres français ont rivé leurs entraves.
O mon pays! ta gloire a fait place au mépris:
Tu tombes du sommet que ton glaive avait pris
Jusqu'à mêler tes fils à d'infâmes sicaires,
Et ta bouche a baisé le mule des Vicaires....
Ancône qui connut nos immortels guerriers
Préparait un triomphe et tressait des lauriers
Quand notre pavillon vint flotter au rivage...
Que la France a changé dans son triste veuvage!
Un pape fut contraint de marcher devant nous
Et le pape aujourd'hui nous bénit à genoux.

Qui nous fit autrefois cette vaste puissance?
Avions-nous des amis, de l'or en abondance?
Des amis? Eh! jamais, les vainqueurs n'en ont pas;
De l'or? Non: nous avions du fer et des soldats.
Un vieux schako sans aigle, une ombre d'uniforme,
Des habits déchirés, sans couleur et sans forme,
Les pieds sanglants et nus, sans argent et sans pain
Harcelés d'ennemis et rongés par la faim;
Voilà, peints trait pour trait, les conquérants du monde.
Poursuivre les tyrans dans leur cloaque immonde,
Rompre un sceptre de fer jusqu'au dernier tronçon,
Pardonner aux vaincus, les rendre sans rançon,

Affronter les dangers sans crainte et sans étude ;
Voilà ce qui nous fit vaincre par habitude.

Pilotes imprudens, l'horizon est en feu :
Votre faiblesse enfin est réduite à l'aveu ;
Ce ridicule orgueil, cette forfanterie,
Ont usé le courage et rouillé l'industrie :
Qu'allez-vous opposer au despotisme errant ?
Quand la digue est rompue arrêtez le torrent.
Ferdinand a plongé Torrijos dans la tombe,
La Pologne n'est plus et le Belge succombe :
Croyez-vous d'égorger l'Absolutisme las ?
Guillaume a pour renfort la Prusse et Nicolas.
Ils traînent le réseau qu'un Wellington perfide
Reçut à Waterloo des mains d'un parricide :
Ils vont envelopper le Peuple des *Trois Jours*,
Et sous un joug de plomb l'enchaîner pour toujours.

L'enchaîner ! quand ces nains que la pourpre environne
L'ont vu broyer d'un pied le trône et la couronne ,
Reconquérir ses droits et frapper son bourreau....
Qui peut cadenasser le sabre à son fourreau ?
Tant qu'un reste de sang bouillonne dans nos veines,
Nous pouvons, au mépris de ces menaces vaines ,
Si l'arc-en-ciel ramène un jour pur et serein ,
Refouler la frontière aux bords conquis du Rhin.

Et vous, hommes pétris d'un limon de sentine ,

Encaissés dans un sol creusé par la routine,
Vous laissez à l'ornière un vieux char embourbé.
JUILLET l'en arracha, mais il est retombé.
Doit-il ainsi pourrir dans la route fangeuse?
A de simples délits la *Doctrine* ombrageuse
Oppose un bras d'acier ; quand il s'agit d'honneur,
Elle est pâle, elle est morte, et c'est là son bonheur.

O vous, qui comme moi languissez dans l'attente,
Vous dont le cœur soulève une poitrine ardente,
Patriotes brûlans du feu le plus sacré,
C'est à vous qu'à jamais mon luth est consacré.
Je ne puis embraser des rayons du génie
Ce peuple dépaveur dont la tâche est finie,
Mais je veux devant lui promener le flambeau
Pour démasquer l'ingrat qui lui creuse un tombeau :
Aidez-moi, soutenez la voix qui vous implore,
Sauvons la Liberté qu'un vil parti déflore,
Et n'arborons jamais un étendard proscrit.
Marchons forts et serrés dans le sentier prescrit :
Le but est couronné des palmes de la gloire.
A nous braves guerriers, défenseurs de la Loire,
L'Aigle n'est plus hélas! mais voilà ses couleurs;
Il faut les baptiser pour essuyer nos pleurs.
Dirigez sous le feu nos masses volontaires,
Écrasons l'étranger sous ses lâches sectaires;
Lavons deux ans d'opprobre, et vos bras triomphans
Pourront, sans trop rougir, embrasser vos enfans.

Au *Système* abruti de bassesse et de crainte,
Si le géant étouffe à la première étreinte

Tout ce ramas impur de grêles mirmidons,
Devra-t-il au retour incliner ses guidons?
Faudra-t-il, en un mot, remettre notre épée
Dans la main du pouvoir qui l'avait détrempée?
Oh! non, la royauté, libre de courtisans,
Effleurant sous la Charte une onde sans brisans,
Pourra peut-être encor gouverner la patrie;
Mais du juste-milieu la racine est flétrie :
Quand l'*amorce* a brûlé son front à découvert,
Ses beaux jours ont passé comme un soleil d'hiver...
Laissons sous le Château défiler la parade :
Nos soldats énervés à lancer la grenade
Entameront demain un combat plus loyal;
L'ennemi n'aura pas *un feu de Pont-Royal.*
Nous marcherons groupés sous la même bannière :
Et NÉMÉSIS alors appliquant sa lanière
Sur les reins paresseux des modernes *Sanchos*,
Qui ne savent qu'ouvrir et peupler des cachots,
Ira crier leurs noms dans la grande Assemblée,
Presser leur pas traînans au fort de la mêlée;
Leur imposer la gloire, et, s'il n'est pas trop tard,
Greffer un arbre à fruit sur un *poirier* bâtard.

J.-F. **Destigny.**

Cette Satyre politique, paraissant tous les dimanches par livraison d'une feuille in-4°, formera à la fin de l'année un volume complet de 52 feuilles.

PRIX DE LA SOUSCRIPTION:

Pour les 52 livraisons, ... 40 fr.   Pour   13 id. 10
Pour   26 id. 20   Et 2 fr. de plus pour les départemens.

ON SOUSCRIT :

Chez PAULIN, libraire, place de la Bourse, et chez PERROTIN, éditeur, rue des Filles-Saint-Thomas, n° 1, place de la Bourse.

NOTA. Nous avions à tort annoncé dans notre première livraison que l'on pouvait se procurer *la Barthélemiade*, chez M. PERROTIN; il n'y en a jamais eu. On la trouve chez PAULIN et chez tous les libraires du Palais-Royal.

PARIS. — IMPRIMERIE DE AUGUSTE MIE, RUE JOQUELET, N° 9, PLACE DE LA BOURSE.

NÉMÉSIS

INCORRUPTIBLE.

PAR J. F. Destigny de Caen,

AUTEUR DE LA BARTHÉLÉMIADE.

LA CHARTE VIOLÉE.

Quand le Peuple eut rompu, dans sa juste colère,
Un des sceptres de plomb que l'univers tolère,
Quand sa main à ses fils eut creusé des tombeaux,
Recousu les feuillets de sa Charte en lambeaux,
Sous les pas du vaincu semé son trône en poudre,
Eternisé ses droits et déposé la foudre,
Il se pétrit, *dit-on,* un maître mannequin,
Un *sujet* du grand pacte, un Roi-Républicain,
Qui, jurant son respect au nouvel évangile,
Appuya sur nos lois sa couronne d'argile.

On comprendrait alors quel pacte nons unit ;
Le pavé des faubourgs rompt un acier bénit.
Le droit divin répugne aux droits du prolétaire
Et tout commerce entre eux est un sale adultère. (1)

Ces hommes dont les voix se mêlent pour crier,
Se convoitent du fer ou d'un plomb meurtrier
Criblent pour un seul mot une poitrine ardente,
La plaine chaque jour voit leur foule imprudente
Échanger le trépas et rougir le gazon
D'un sang que la fureur fait jaillir sans raison.
Eh ! bien, si chacun d'eux semble oublier sa rage,
Pour signaler au peuple un abus qui l'outrage,
C'est un témoin de plus qui vient vous accuser.
La *Doctrine* voudrait vainement s'abuser ;
La France a de ses yeux vu filer son étoile.

Oh ! je n'ai soulevé qu'un seul pli de la toile....
L'arbitraire triomphe, et la majorité
Consacre dans l'Adresse une illégalité !...,
Trop malheureux pays ! ta splendeur éphémère
Enlève en s'effaçant la Liberté sa mère,
Tu n'es plus qu'un champ vide, ouvert aux étrangers,
Un vaisseau sans agrès au centre des dangers,
Un cadavre vivant que la force abandonne,
Et la Charte en tombant a brisé ta couronne !

---

(1) On peut entre autres preuves, à l'appui de ce que j'avance, citer la malheureuse entrevue de M. Briffaut, rédacteur du Corsaire, et M. La Trésorière qui faillit amener sur le terrain plus de 200 hommes de l'un et de l'autre parti.

Mandataire *ventru* que le budjet repaît,
As-tu donc étouffé tout sordide intérêt
Quand de ta main le vote a roulé dans cette urne
Où la meûte plongeait un regard taciturne ?
Un cri secret du cœur, a-t-il dit : *tu fais bien ?*
Le serment que tu fis n'oblige-t-il à rien
Qu'à jeter sans le voir ta boule noire ou blanche ?
Avant de s'embarquer il faut tâter la planche,
Lorsqu'on en voit la chûte il est déjà trop tard.
Dans un simple devoir on craint jusqu'au retard ;
Et toi, quand il s'agit de notre indépendance,
Du droit qui donne à tous la paix et l'abondance,
Tu traînes à pas lourds dans le sentier fangeux,
Où singe du Pouvoir, tu calques tous ses jeux.
Ses forfaits sont vertus, nos cris illégitimes :
Et tu viendras demain lui voter des centimes
Pour cuirasser Vidocq, Gisquet et leurs valets
Et payer du *six juin* la poudre et les boulets....

O nobles défenseurs de la Charte avilie,
Intègres députés, ma voix vous en supplie,
Au nom de tout le peuple et de la Liberté :
Luttez contre l'orage ; à la minorité
Nous joindrons s'il le faut des masses foudroyantes ;
Le Pouvoir hurle en vain ses clameurs effrayantes,
JUILLET nous a marqué d'imprescriptibles droits :
Malheur à qui voudrait les rendre plus étroits !
Le despotisme est là qui s'avance dans l'ombre,
Mais de ses ennemis s'il ignore le nombre,
Ils peuvent se lever, l'écraser comme un œuf,
Et semer ses débris aux pieds des CENT-DIX-NEUF !

Il tombe en bataillant au fond du précipice.
Vous posez à la fougue un obstacle propice ,
Et vous le franchissez; l'exemple est un aimant,
Vous amenez la foule à trahir son serment.
Du peuple et du pouvoir la Charte est l'alliance ,
C'est l'éternel contract qui gouverne la France ,
Les devoirs sans les droits sont des mots superflus ;
Si vous rompez leur cercle il ne le retient plus.
Eh ! qui peut l'empêcher de marcher sur vos traces ?

Si nos lois ne sont rien , qu'un tas de papérasses
Qu'on brûle feuille à feuille au gré du *bon plaisir,*
Pourquoi vous a-t-on vu presser , traquer , saisir
Les prisonniers du Ham ? ils voulaient l'arbitraire....
Oui , mais vous l'exercez: le Château veut soustraire
Au marteau roturier *l'Auguste de Berry ;*
Quand votre *ordre régnait* au Cloître Saint-Méry ,
Quand on vit là mitraille épargner des victimes ,
La *doctrine* interdit nos juges légitimes:
Elle allait nous piler dans un mortier d'airain,
La Cour (1) à sa vengeance, il est vrai, mit un frein ,
Mais c'est dans le projet que l'attentat réside....
JUILLET à l'ordonnance apposa son égide,
Le trait vint s'y briser: en un mot comme en cent,
Le *Système* est coupable ou Charles innocent....

Frappé dans son idole un *carliste* lui-même
Aurait signé l'arrêt du tribunal suprême

(1) Je n'ai pas voulu parler de la cour royale , encore moins du château ,
comme on s'en doute aisément, mais bien de la cour de cassation qui protesta
de toute son autorité contre la mise en état de siège..

Quand il s'appesantit sur le sceptre absolu.
« Si l'inepte est banni c'est lui qui l'a voulu...
« Du grand cimier des lois sa tête est découverte,
« Des flatteurs ont conduit cet aveugle à sa perte. »
C'est le sincère aveu des plus chauds partisans
Du pouvoir qu'un Guizot a caressé quinze ans.

Si le parti vaincu se repent et s'accuse
D'un tort que sa raison a trouvé sans excuse,
S'il maudit les avis d'un conseil maladroit
Qui le soumit aux coup qui l'atteint à bon droit,
Il ne proteste pas, il gémit de la peine,
On peut croire à sa voix, car il parle sans haine.
Et, s'il étend sur vous un doigt accusateur,
Despotes avilis, bourreaux du créateur
Qui vous a faits de rien entre deux barricades,
Songez qu'un fleuve lent a parfois des cascades
Où l'esquif emporté s'engloutit sans retour.
N'irritez pas le peuple: il peut avoir son tour....

On prétend qu'enlaçant (l'honneur seul les divise)
CARLISME ET LIBERTÉ sous la même devise,
Deux partis contre vous concentrent leurs efforts;
Insensés! le Géant demander pour renforts
Les membres énervés d'un débile Pygmée!...
Son immense talon pulvérise une armée.
L'humanité commande au vainqueur triomphant
D'ôter son gantelet pour foueter un enfant.
Si jamais un Bourbon brûlait une fusée
A l'ombre d'un lambeau de sa percale usée,

Le crime était frappé, l'arbitraire abattu ;
L'avenir promettait honneur, force et vertu ;
Le vainqueur s'endormit : sa tâche était remplie.
Mais, hélas ! sur nos champs l'orage se replie !....
Eh ! quoi, pour arracher ses ministres des fers,
Le Parjure évoquant sa garde des Enfers,
Aurait-il inondé les plis du territoire ?
L'Étranger.....? Non ; lisez : ma Muse écrit l'histoire.

Des frélons du pouvoir, ces chevaliers sans nom,
Que n'a jamais noircis l'amorce du canon,
Surgissent du repaire, où, tombés par mégarde,
Ils ont passé *trois jours* à tourner leur cocarde,
Se mêlent dans la foule et, pour se trahir moins,
Savent de leur bassesse écarter les témoins,
Tandis que nos vengeurs encombrent la pistole,
L'esclave renchaîné les traîne au capitole....
Mais ce n'est rien encore ; on vit dans tous les temps
Des lâches s'engraisser du sang des combattans :
Poursuivons. *La doctrine* enveloppe le trône,
Abreuve *aux fonds secrets* l'écrivain qui la prône,
S'abandonne au torrent, sans lutter ni prévoir,
Et, pour se mieux gorger, s'enracine au pouvoir.
Le peuple n'est plus rien qu'un instrument servile,
Un rateau pour l'impôt et la *liste civile* ;
Travailler et payer voilà tout son emploi.
Que lui faut-il de plus ?..., Ce que promet la loi,
Liberté forte et pure, un seul frein pour le crime,
Et pour tout front coupable un cachet qui s'imprime
En stigmates de feu, sans illégalité ;
Nous voulons en un mot la CHARTE-VÉRITÉ.

La Liberté! Persil depuis deux ans la tue :
La Charte ! elle était belle, un Thiers la prostitue....
Elle perdit en juin la candeur qu'elle avait;
Un ministre brutal, un bouc, Montalivet
A porté sur la vierge une main téméraire,
Octobre suit après le même itinéraire.
Le *Système* leva son poignard assassin,
Aujourd'hui la sellette a fait place au coussin;
Du plébéien mourant il déchira la plaie,
Le système aujourd'hui fait antichambre à Blaye;
Il faut que dans l'opprobre il se vautre toujours!
On verrait l'échafaud tapissé de velours,
Si le juge ordonnait qu'elle y montât sa tête;
Non, le massacre enfin n'est plus un jeu de fête;
Que CAROLINE vive; on ne veut point sa mort,
Mais on veut qu'un arrêt la contraigne au remord.
On veut la loi pour tous, et la loi n'a qu'un glaive;
Le crime, peuple ou roi, doit tomber à la Grève....
La clémence est alors un droit du *très-puissant*;
Que sa prérogative étanche tout le sang;
C'est la sève du tronc que l'on nomme patrie,
Cet arbre sèche et meurt quand sa feuille est flétrie.
Eh! bien, cœur et justice auront ainsi leur part,
Mais respectez la loi, c'est votre seul rempart:
Si vous sapez sa base il s'ébranle et s'écroule.
Comme un torrent sans digue où bondit, ou se roule,
En arrière, en avant, de forfaits en forfaits.
Qui ne craint la licence et les maux qu'elle a faits!
Voulez-vous dès demain descendre à l'anarchie,
C'est le premier degré; quand la bouche affranchie
Du ruban qui dirige et ralentit ses pas,
Le coursier voit un gouffre; il ne s'arrête pas;

MON ADRESSE AU ROI (1).

SIRE, deux ans et plus ont lassé l'espérance ;
Notre sang a payé le bonheur de la France,
Et vos ministres lents à verser le tribut,
Tendent par cent détours à s'éloigner du but.
Le Peuple avait bâti le trône dans la Charte,
Elle était son appui ; le Pouvoir s'en écarte,
S'il ne s'arrête, on peut le voir crouler demain.
Celui qui fit le roi lui tendrait-il la main ?..
C'est toujours le vainqueur de la Grande-Bataille,
Il n'a jamais des Cours grossi la valetaille ;
Il marche droit et fier ; il est libre et Français !
Quand la foule au Château se dispute l'accès
Pour maudire à vos pieds un *incroyable outrage*,
Lui, qui loin des périls méconnaît le courage,
S'éloigne en rougissant d'eux et de leurs emplois...
L'ennemi des tyrans et le sujet des lois,

J.-F. Destigny.

(2) Au moment où, à propos de *l'horrible attentat* du Pont Royal, les adresses pleuvent aux Tuileries, j'aurais cru manquer *mon devoir à la haute estime*, etc., etc.

PARIS. — IMPRIMERIE DE AUGUSTE MIE, RUE JOQUELET, N° 9, PLACE DE LA BOURSE.

NÉMÉSIS
INCORRUPTIBLE.

Par J.-F. Destigny de Caen,

AUTEUR DE LA BARTHELEMIADE.

LES ROIS ET LE SIÈGE D'ANVERS.

Celui qui nous pétrit d'une pâte grossière
Emprunte aussi les rois à la même poussière;
Il n'a point épuré dans le creux de sa main
Un *très-noble* limon, extrait du genre humain,
Pour plâtrer des éclus sur le sapin d'un trône.
Eh! d'où vient leur éclat?... La pourpre est une aumône
Que le Peuple leur jette, un jour de charité,
Comme un lambeau qui doit cacher leur nudité:
Le sceptre un vieux bâton qui soutient leur faiblesse,
Le trésor la grande auge ouverte à la mollesse,

La Cour une antichambre où dorment des valets
Et l'égoïsme un feu qui fond l'or en boulets.....

Cherchez un nom royal dans les fastes du monde,
De forfaits et d'orreurs un assemblage immonde
Étouffe une vertu qui brillait à nos yeux
Comme un point isolé dans le désert des cieux.
Revenez au mot PEUPLE : enfans de la victoire,
Ses noms ont émoussé le burin de l'histoire.
Généreux au combat, impasible aux revers,
Il peut d'un clin de l'œil secouer l'univers.

L'Hercule qui balance un pavé pour massue
A voulu de sa plaie arracher la sangsue,
Elle a, nouveau serpent, renoué ses tronçons.
Le sang versé bouillonne aux mains des échansons
Et la royauté boit dans la coupe de guerre....
Le serment qu'on aimait à répéter naguères
A-t-il donc eu le sort de tant d'autres sermens ?
« Nos soldats, disiez-vous, ne sont pas instrumens
« Que l'on puisse prêter aux fils de Varsovie ;
« Tont homme à son pays doit compte de sa vie.. »
A son pays, c'est vrai : mais à tous ces poltrons
Qui viennent sur l'autel s'ériger en patrons,
Aux gigantesques nains qui traînent la couronne
Devons-nous en tribut tout le sang qu'on leur donne ?
A qui les a créés dans le feu du transport
Les rois ne sont-ils donc qu'un rescif dans le port ?
Et ces lâches tyrans, engraissés d'hécatombes,
Ne savent-ils régner qu'au silence des tombes ?....

Le lendemain du jour si fertile en trépas,
Où l'honneur appelait Dupin qui ne vint pas,
LOUIS-PHILIPPE assis sur les bras de la foule
Prit le sceptre des lois coulé dans le grand moule.
Retranché dans la Charte et serré contre nous
Il eût pu voir tomber l'Europe à ses genoux ;
Mais un Système impur, un tout de vils mélanges,
La *Doctrine* étouffa la Gloire dans ses langes.
Le bulletin sali des Vengeurs de JUILLET
N'eut de beau que son titre et le premier feuillet :
Deux ans ont du Passé nourri le gouffre avide;
Le germe est mort sans fruit, et l'Avenir est avide!...

Nos chants de Liberté n'ont-ils pas eu d'écho?...
De ses flancs escarpés la reine de l'Escaut (1)
Vomit à nous la mort, aux Belges l'esclavage,
Et le perfide Anglais s'éloigne du rivage!...
Tout se dorait pour toi sous un prisme enchanteur;
Eh ! bien, voilà le fruit de vingt mois de lenteur,
Système absurde et traître; où sont tes protocoles?
Le clinquant qui couvrait l'argile des idoles
Se ride, sèche et tombe au feu de l'encensoir.
L'aurore a même un jour et ce jour donne un soir
Qui d'une ombre de plomb assoupit la nature :
La nuit vient, et le tigre affamé de pâture
S'élance d'un seul bond au sein de nos remparts
Et jonche son chemin de cadavre épars.
L'aurore, c'est l'instant, où, las de tyrannie,
Le Peuple-Roi pressait la Royauté bannie;

(1) Citadelle d'Anvers.

Le jour, ce temps perdu dans un lâche repos,
Ce temps qui n'a rien su que tripler les impôts;
Le soir, une apathie, où la vigueur usée
Promet à nos tyrans une victoire aisée;
La nuit enfin, la nuit.... O Mânes des *Trois-Jours!*
Le volcan est-il donc amorti pour toujours?
N'a-t-on vu le despote englouti sous nos laves
Que pour y mieux river l'écrou de ses esclaves?
Cette nuit, c'est l'opprobre!!!.. Un insolent vainqueur
Viendrait pousser la honte au fond de notre cœur,
Au bout du froid acier que la *Doctrine* aiguise!...
Si le Pouvoir a su bâillonner à sa guise
Tant de représentans altérés de grandeur,
Comment défendra-t-il cette antique splendeur
Qu'un rédempteur mourant soumit à sa tutelle?
L'Europe dresse un camp : la France que fait-elle?
La France!... le *Système* enclin à ses travers
Fait mitrailler ses fils sous les créneaux d'Anvers.
La soif de leur sang pur n'est jamais étanchée.

La mort pleut; cent canons labourent la tranchée
Et leur foudre en éclats devance les éclairs;
La bombe échappe et siffle en sillonnant les airs
D'un feu qui monte au ciel, retombe et roule à terre,
Le salpêtre en tonnant déchire le cratère
Du projectile enflé d'un trépas endormi;
La flamme en tourbillons dérobe l'ennemi
Sous les rongeâtres flots de son vaste incendie.
Assiégeant, assiégé, dans son ame agrandie,
Emprunte à la mort même une ombre de succès,
Bat en brèche et prépare ou dispute un accès

Sur le sol caverneux où s'alonge la mine....
Le vainqueur triomphait, le vaincu l'extermine.

Eh! quoi la gloire a-t-elle un étendard de sang,
Où sommes-nous vendus à l'orgueil du puissant?
Ministres, répondez... Du sacrilége orage
Où le meurtre assouvit l'appétit du carnage,
Quel sera donc pour nous le dernier résultat?
Enerver lentement les forces de l'État,
Engourdir le courage, éteindre l'énergie,
Et puis nous replonger dans cette léthargie
Où la France a quinze ans, du sommeil des tombeaux,
Dormit sous les lauriers de l'Empire en lambeaux!...
Qui peut rendre du sang a la veine épuisée?
Quand des pores ardens l'or découle en rosée,
Si vous coupez du bras jusqu'au dernier tendon,
Sa raideur cesse, il meurt et traîne à l'abandon:
Adieu, force et trésors; Écrasés par le nombre
Nous portons l'étranger qui saluait notre ombre.
Il ne nous reste enfin qu'un affreux souvenir,
Et dans le désespoir la mort pour avenir....

Si nous veinquons, le Belge en sera-t-il plus libre?
Fallait-il des boulets pour régler l'équilibre
Entre Guillaume et lui? Le drapeau conquérant
Ombragera demain le grand fort Saint-Laurent,
Et l'Europe verra crouler la citadelle;
Mais à tous vos traités la Hollande infidèle
Opposera toujours ses bras déprédateurs·
Les rois pour le grand drame assemblent des acteurs:

Ils vont prendre les frais d'un spectacle tragique
Sur les débris éteints où fume la Belgique.
Et cet or que la guerre emporte à tombereaux,
L'Anglais en viendra-t-il solder les bordereaux,
Quand sur nous le torrent va déborder se rive?
Ne l'entendez-vous pas? il mugit, il arrive,
Il roule avec fracas dans ces champs dévastés
Où du soldat-géant les membres sont restés,
Comme les fondemens d'une tour abattue.....

Eh! bien, que de Chassé la garnison battue
Succombe au rude assaut qu'elle affronte avec art,
Qu'à la crête des murs l'intrépide Gérard
Agite en s'accrochant un guidon tricolore;
Quels tristes souvenirs sous nos pas vont éclore!
C'est l'HOMME qui traça les festons du terrain,
Qui fila sur l'affût ces colosses d'airain;
Ouvrit la casemate au centre de la terre,
Et grava sur le roc: *Tombeau de l'Agleterre...*
Tout y parle de lui, tout le révèle aux sens,
Et l'ineste matière emprunte des accens
Pour crier: le voilà! son étage est finie;
Mais je reflète encore un éclair du génie
Qui frappa sur mon front un cachet éternel....

Que la *Doctrine* est pauvre en ce jour solennel!
Sous des haillons traînés dans la fange des rues,
Elle approche en boitant, Octobre et ses recrues
Ont peine à soulever ses pieds appesantis.
Le sein vert et gonflé du venin des partis
Que le *Système* étreint dans le même uniforme,

Et, les genoux craquant, sous le ramas difforme
De membres empruntés à des corps sans chaleur,
Elle allait escroquer le prix de la valeur,
Quand un râle de mort, déchirant ses entrailles,
Semble lui bourdonner ses propres funérailles...
Et le Peuple en appelle à la postérité
Car il voit de quel faîte on l'a précipité.

L'esprit toujours plongé dans un avenir sombre,
J'ai cru voir sur mon front planer une grande ombre,
Un céleste fantôme, escorté des guerriers
Dont le sang a rendu la sève à nos lauriers....
Ce n'est point une erreur.... non : je le vois encore !....
Sur des cheveux de neige une palme décore
Son visage bruni par le soleil des camps;
Son ame est dans ses traits ; de ses yeux éloquens
Un feu presque divin jaillit par étincelle....
O toi, qui de ces mots où le soldat chancèle.
Arrachas la victoire aux bataillons anglais,
Ami zélé du Peuple, ennemi des palais.
Magnanime CARNOT! au nom de la Patrie,
Venge de ses tyrans la Liberté meurtrie
Dans les grossiers ébats de nos rois absolus;
Et si jamais la France aux fers de nos élus
Tendait sans les briser une main défaillante,
Eveille dans ses flancs une audace bouillante,
Et protégeant des droits les augustes contrats,
Enfonce le remord dans le cœur des ingrats!

Et vous, ministres vains, que la plainte importune,

Parasites rampans, d'une aveugle fortune,
Interrogez l'histoire et ces grands monumens
Qui retracent l'Empire à ses derniers momens.
La race des Bourbons, après des jours prospères,
Déshonorait Paris du lange de ses pères,
Et le drapeau français, au front de ces trois forts
Que tentent maintenant d'ébranler nos efforts,
Déroulait des couleurs que ternit la fumée.
L'Anglais le menaçait des foudres d'une armée;
Et Carnot sans secours voyait sous les remparts
Des soldats que l'Escaut roulait de toutes parts.
Le vieux bronze était l'or dont sa main indigente
Payait les alimens que la disette invente;
Et bravant le besoin, il borne tous ses vœux
A léguer sans rougir son nom à ses neveux.

                                        J.-F. Destigny.

Cette Satyre politique, paraissant tous les dimanches par livraison d'une feuille in-4°, formera à la fin de l'année un volume complet de 52 feuilles.

PRIX DE LA SOUSCRIPTION:

Pour les 52 livraisons . . . . . . 40 fr.   Pour   13   id.   10
Pour   26   id   20   Et 2 fr. de plus pour les départemens.

ON SOUSCRIT :

Chez PAULIN, libraire, place de la Bourse, et chez PERROTIN, éditeur, rue des Filles-Saint-Thomas, n° 1, place de la Bourse.

On trouve la Barthélemiade chez PAULIN et chez tous les libraires du Palais-Royal. Prix : 1 fr. 50 cent.

PARIS. — IMPRIMERIE DE AUGUSTE MIE, RUE JOQUELET, N° 9, PLACE DE LA BOURSE.

CINQUIÈME LIVRAISON.   DIMANCHE, 23 DÉCEMBRE 1832.

NÉMÉSIS

INCORRUPTIBLE.

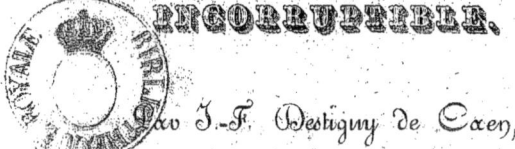

par J.-F. Destigny de Caen,

AUTEUR DE LA BARTHÉLEMIADE.

LA LOI-BARTHE

ET LE MONUMENT DE LA BASTILLE.

Le temps, sur les égouts où nos lois sont traînées,
Dans le cercle des mois a roulé deux années :
La LIBERTÉ n'est plus !.... Un règne de Terreur
Qui de Quatre-vingt-treize emprunte la fureur,
Va cimenter de sang les fourches du *Système*.
Barthe, le traître Barthe, à nos cris d'anathème
Répond par le *houra* des sicaires du Nord,
Et l'esquif emporté sur un torrent sans bord
Dans le gouffre du crime engloutit la Patrie !

Le fruit tombe en bourgeon de sa tige flétrie.
JUILLET n'est que le vide où plonge un souvenir,
Un printemps sans automne, un jour sans avenir,
Et son bel arc-en-ciel a ramené l'orage.
Le vent du Despotisme a déchaîné sa rage :
En renversant la Charte et ses frêles abris,
Son affreux ouragan enlève nos débris
Et du Vainqueur broyé disperse la poussière.

Montalivet perça l'enveloppe grossière
Où la *Doctrine* allaite un monstre dévorant;
Il surgit du repaire, et sur Paris mourant
L'Arbitraire crispa sa griffe ensanglantée.
Machines à scrutin, Majorité-protée;
Les *ventrus* du Pouvoir ont-ils battu des mains!
Eh! bien, un premier vote a creusé les chemins :
Le *Centre* qui vous aide à franchir la barrière
Tressera la couronne au bout de la carrière;
Avancez, vils tyrans; une illégalité
N'est en style de Cour que Charte-vérité.
Que rien ne vous arrête!.... Et la foule rampante,
A la voix des flatteurs, s'abandonne à la pente;
De rochers en rochers le Carybde profond
Elargit dans sa chûte un abime sans fond!...

Oui, l'opprobre incarné de la magistrature,
Un carbonaro, Barthe, outrage la nature,
Et, souillant l'évangile où sont gravés nos droits,
Arme d'un long poignard la vengeance des rois :
Un projet assassin a jailli de sa bouche!...
Éraillant sur le Peuple un regard sombre et louche,

Il mendiait l'accueil qu'il trouvait au Barreau
Quand sa voix arracha la victime au bourreau;
Mais le cœur soulevé bondit dans la poitrine.
L'apostat est cent fois plus vil que la *Doctrine*....
Il apporte le meurtre affublé des haillons
Qu'un cruel Arbitraire emprunte aux bataillons
Pour coudre à ses forfaits un masque de justice;
Il veut que sur nos fronts le crime appesantisse
A coups serrés et prompts le marteau du trépas.
Malheureux! le carnage a-t-il donc tant d'appas
Qu'il faille en traits de sang l'inscrire sur nos Tables?
As-tu prévu l'horreur des maux inévitables
Dont le despote presse un esclave enchaîné?
Les Cadets sont-ils purs des noirceurs de l'Aîné?...

Qu'il découle de fiel de cette source amère!
Un fils tombe égorgé dans les bras de sa mère,
S'il éteignit l'encens aux pieds du *Souverain;*
S'il demanda des sons à ces cordes d'airain
Qu'un luth indépendant raidit pour la satyre,
Aux sommets du Caucase un éternel martyre
Unit aux Polonais le poëte exilé;
Le sauveur (1) des *Trois-jours,* sanglant et mutilé,
Traînant d'indignes fers au seul bras qui lui reste
Cherche dans le néant un destin moins funeste.
L'Absolutisme rompt les tendres sentimens
Que l'agonie épanche à ses derniers momens;
Il intercepte un mot, un soupir, une larme,

(1) Par *Sauveur* j'ri entendu parler du Peuple de Juillet et non pas de M. Dupin qui, loin de sauver les autres, ne sait que se sauver.

Et jusqu'à son chevet la Mort trouve un gendarme !
Voilà cette *Loi-Barthe*, éclose après deux ans
D'un sommeil abruti de ces rêves pesans
Que la *Doctrine* forge à la France énervée,
Nos fils tendront demain le dos à la corvée.
La marche rétrograde envahit le passé,
Remonte, du tyran que le Peuple a chassé,
De crimes en forfaits, jusqu'au siècle barbare
Où la hache tombait au bruit d'une fanfare,
Où le prêtre d'un Gui (2), parasite immortel,
De massacres humains abreuvait son autel ...

D'Argout, le sec d'Argout que l'ivresse colore
Comme au jour qu'il brûla le drapeau tricolore,
Avance à pas de prince et vomit un discours
Dont les mots décousus fument l'encens des Cours:
C'est encore un *projet !* et la tourbe idolâtre
Sans l'entendre applaudit comme on claque au théâtre
L'auteur qui sait et peut s'acheter des amis;
Ce projet, c'est le plan du monument promis
Aux mânes dispersés de la Grande Bataille...

Eh ! quoi, vous prétendez élever à sa taille
Un colosse de Peuple, un vaste Parthénon,
Assez creux pour ses os, assez grand pour son nom;
Lapons d'architecture, impuissans *Doctrinaires !*
Votre bronze est fragile et vos bras mercenaires;

(2) Druïdes, prêtres gaulois qui immolaient des victimes humaines à leur
idole.

Arrière tout profane ! Allez, crânes étroits,
Plâtrer des fleurs de lys sur l'écusson des Rois,
Et relever pour nous la Bastille abattue :
Le Peuple dans son moule a coulé sa statue.
Elle est forte, durable et la rouille des temps
Lèchera sans ronger ses membres éclatans.
Sa base est l'univers, sa splendeur la Victoire,
Sa couronne la force et son cachet l'Histoire !

Quand JUILLET a deux fois dans l'ère où nous entrons
Fait un anniversaire au géant des patrons,
Qui suspendit des fleurs à ces croix solitaires
Où la balle a gravé des noms de prolétaires ?
Qui vint au point du jour arroser le gazon,
Et lire pour les morts la funèbre Oraison
Qui porte ses parfums à la voûte éthérée ?....
L'amant y pleurait seul une amante adorée,
La sœur un frère, un père ses enfans ;
Et de cruels soupirs, des sanglots étouffans
N'ont point su réveiller les vieux échos du Louvre....
Le *sujet* n'est plus rien quand la terre le couvre.
Vous avez dégradé la tombe et le vainqueur,
Car dans la fête même un appareil moqueur
Livrait à l'Étranger la France en parodie.
Eh ! ne croirait-on pas que le Peuple mendie,
Quand on vient lui jeter de grossiers alimens,
Suspendre au haut d'un mât de méchans vêtemens,
Et sillonner les airs des feux d'une fusée ?
Mais pour rendre aujourd'hui votre conquête aisée,
Passer en *contrebande* un énorme budjet,
Il faut tourner les yeux vers un lointain objet,

Et pallier l'horreur des *projets* d'infamies
Que le Pouvoir dépose au Sénat des Momies. (1)

De larges fondemens surgissent des fossés
Où la Bastille a vu ses débris entassés
Sous le pied foudroyant des Vengeurs d'un autre âge :
Un soldat , dont la Gloire a pleuré le veuvage ,
En marqua le dessin au coin de sa grandeur !
Et la *Doctrine* veut marier sa raideur
A l'essor de cet Aigle émané du tonnerre :
Au marbre de l'Empire elle a joint... une pierre !
Adultère sans fruits ! Quand trois cent mille écus
Auront *éternisé* la honte des vaincus ,
Ou , roulant sur la pente aux égouts *légitimes* ,
Enflé des *Fonds-Secrets* le coffre des centimes ,
Sur ce bloc ébauché du *Système-avorton*
On lira dans un an : « route de charenton. »

Casimir eut aussi des droits à notre hommage ,
On doit au moins, dit-on, ciseler son image
Au front du monument... Eh ! quelle absurdité !
Le terrain du Pouvoir croûle d'aridité ;
Le germe sèche et meurt sur la glèbe endurcie ,
Le soleil est brûlant , tout languit d'inertie ;
On est las d'espérer , malheureux sans espoir ,
Et c'est sur notre autel que l'on viendrait l'asseoir !
Trop inhabile encore à percer le mystère
Dont le cœur se cuirasse au banc du ministère ,

(1) Projet de loi des suspects déposé en ce moment à la chambre des Pairs.

J'ai craint de le froisser sans y trouver l'honneur;
Je m'arrête: le doute est souvent un bonheur.
Le crime tôt ou tard trahit son existence,
Attendons; il ne peut éluder la sentence....

De promesse en promesse incertains et trompés,
Nous amassons des fers, et nos droits sont sapés
Par des flots assidus que grossit la tempête :
Au joug du *Très-Puissant* il faut tendre la tête....
Ô Liberté! ton règne est-il déjà passé?
N'as-tu donc mis le pied sur un sceptre cassé
Que pour le dérober un instant à la vue?
Entre la France et toi n'est-ce qu'une entrevue
Pour échanger ensuite un éternel adieu?...

Aveugles partisans de ce *Juste-Milieu*
Qui dévore la France, on vous verrait construire!...
Vous n'avez jamais su que souiller et détruire
Promenez un regard sur l'immense désert
Qui s'étend sous vos pas, aride et découvert,
Comme une lande en deuil que la flamme a léchée.
Voyez dans son tombeau la Pologne couchée,
Le sang rougir les mains d'un ministre de paix,
Infaillible Saint-Père; et le trépas épais
Abattre l'Espagnol au flanc de ses montagnes
Comme la grêle tombe et crible nos campagnes.
Et maintenant citez un seul de vos exploits;
Vous rivez tous nos fers, vous torturez nos lois,
Dissipez nos trésors à gorger vos *Cassettes*,
Alimentez d'impôts le gouffre des recettes,
Et poussant nos soldats sur des canons français,

Vous les paralysez jusque dans leurs succès.
Sans fondre nos deniers en tant de jongleries,
Conservez le *mortier* qui manque aux Tuilleries,
Le ciment du Pouvoir crevassé de cent pars,
A ce trône ébranlé, sans toit et sans remparts.
Si vous n'avez point d'ame à créer des ouvrages,
Sachez consolider tous ces vieux replâtrages
Dont la chûte pourrait vous pulvériser tous...

Si de vos courtisans les mots sonnent plus doux
Que les accens trop vrais d'une muse inconnue
Qui poursuit vos erreurs de sa vengeance nue,
Leurs discours parfumés ont le poison de l'art;
Arrachez leur manteau vous trouvez un poignard
Dont la pointe trempée au venin d'une *Adresse*,
Convoite un sein de roi que leur culte caresse.
Tout flatteur est un tigre, un perfide apprêté,
Qui sait dorer la dent de sa férocité,
Ronger les fruits de l'arbre en taillant sa racine,
Et baiser en Judas le Dieu qu'il assassine.
Mais moi, je jure ici, par les Flles d'Enfer,
D'avoir les doigts armés d'une plume de fer
Tant qu'il me restera des abus à d'écrire....
Soyez Français demain, je cesserai d'écrire.

                                        J.-F. Destigny.

Cette Satyre politique, paraissant tous les dimanches par livraison d'une feuille.
in-4°, formera à la fin de l'année un volume complet de 52 feuilles.

PRIX DE LA SOUSCRIPTION:

Pour les 52 livraisons. . . . . 40 fr.   Pour   13   id. 10
Pour   26   id. 20   Et 2 fr. de plus pour les départemens.

                          ON SOUSCRIT :

Chez PAULIN, libraire-éditeur, place de la Bourse; au CERCLE LITTÉRAIRE,
    boulevart Bonne-Nouvelle; et chez l'AUTEUR, passage du Saumon,
    maison n° VI, hôtel des Étrangers,
    On trouve *la Barthélemiade* chez PAULIN et chez tous les libraires du
Palais-Royal. Prix : 1 fr. 50 cent.

PARIS. — IMPRIMERIE DE AUGUSTE MIE, RUE JOQUELET, N° 9, PLACE DE LA BOURSE.

NÉMÉSIS

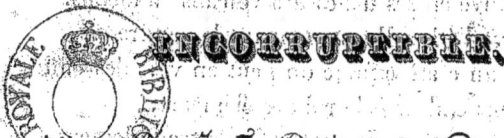

INCORRUPTIBLE.

Par J.-F. Destigny de Caen,

AUTEUR DE LA BARTHÉLEMIADE.

Étrennes au Peuple Français.

Le Siècle soude encore une maille à sa chaîne;
L'Avenir est Présent, et le Passé l'entraîne
Dans le domaine creux du vague souvenir....
Tout doit-il ici bas apparaître et finir
En longeant, sans couper, dans le désert du vide
La trame des forfaits que le Pouvoir dévide?...
Le vaisseau gigantesque, au triple pavillon,
Qui, déchirant les mers de son vaste sillon;
La banderolle aux cieux et la quille dans l'onde;
Abîmait d'un roulis les flotilles du monde,

Irait enveloppé de ses mille grelins
Que l'Angleterre jette aux peuples orphelins,
Demander la remorque aux frêles galiotes!...
Le temps engloutira sous nos flots patriotes
Ces pirates ligués que l'Europe a vomis.
Le sol couve en ses flancs des volcans endormis,
On trouve l'étincelle en remuant la cendre....
Tant qu'un cratère fume on peut en voir descendre
En torrens embrasés le roi des élémens....
Entendez-vous mugir ces profonds tremblemens
Qui du globe ébranlé crevassent les entrailles?
Le ciel de la *Doctrine* est gros de funérailles....

L'Usage, ce tyran des Peuples et des rois,
Aux portes de l'Année a bâti ses octrois;
Il perçoit des mortels la taxe de la vie ;
Le despote a son trône, et la foule asservie
Courbe, comme au château, ses fronts de courtisans
Au sacre solennel du Monarque des Ans.
Décembre est à Cherbourg; sa puissance est usée,
Son nom lavé, ses traits effacés du Musée,
Sa bannière en lambeaux, son écusson rompu;
C'est un autre proscrit : car le Progrès a pu
Broyer Temps et Parjure au moyen de sa roue;
Il ne reste des deux que Guizot et la boue.
Janvier paraît! il jure un printemps-vérité!
C'est un roc citoyen d'où la prospérité
Va couler sur nos champs comme une onde argentine!
Peuple insensé! l'abime ouvert par la routine,
L'avide Royauté, cet égout des suppôts
Où vont douze fois l'an s'engouffrer les impôts,

Absorbe goutte à goutte, à la source tarie,
Le fleuve détourné du sein de la Patrie.
Plus de printemps! l'hiver envahit les saisons;
Plus de Charte! les rois nous creusent des prisons;
Et l'on voudrait encore au poids d'une promesse
Peser la Liberté!... cette ardente Jeunesse
Que la Mort trouva seule intrépide au danger,
Couvre de ses débris l'étal de l'Étranger;
Mais le Belge verra démembrer son royaume :
L'Escaut reste étranglé dans les bras de Guillaume.
Voilà ce fruit muri par un soleil anglais!...

Si la vaine étiquette encombre vos palais
Des sectaires dorés d'une idole pygmée,
Si fière de tresser des lauriers à l'Armée,
La France tend les bras à ses nobles enfans,
Vous promenez alors des regards triomphans.
Eh! quand l'orgueil se crotte à quêter des hommages,
Il rappelle au mépris l'âne chargé d'images....

Ministres que le pauvre enrichit de bienfaits,
La foule a-t-elle étreint celui qui vous a faits
Au seuil de ces hôtels où le frelon moissonne?
A-t-on dit une fois, c'est le peuple qui sonne,
Et qui, pleurant ses torts, vient avec ses aveux
Déposer à vos pieds le tribut de ses vœux?
Le peuple! ingrats! Le peuple a, meurtri d'esclavage,
Amarré votre esquif aux rochers du rivage;
Ils vous tient comme une ancre à deux doigts du tombeau.
Quand vos sales valets écrasent le flambeau

Qui vous guide à travers l'épaisseur des ténèbres,
Vous courrez à tâtons à vos pompes funèbres.

Des souhaits arrachés aux Maires des cantons,
Quatre-vingt-six préfets ont enflé leurs cartons ;
Ils vont de ce butin gorger votre excellence ?
Et nous restons plongés dans un affreux silence.
Les cris cessent partout ; un calme avant-coureur
Pénètre les esprits d'une secrète horreur :
C'est l'heure de repos qui précède l'orage....
Avez-vous assisté, quand suspendant sa rage
Le vent hazarde à peine un soufle caressant,
Au spectacle terrible où s'arrête le sang,
Froid comme des glaçons dans la veine raidie ?
Quand l'horizon à l'œil semble un vaste incendie ?
Quand on entend au loin, de momens en momens,
Bourdonner, sous l'éclair, les sourds mugissemens,
Du bœuf que l'épouvante abat sur la charrue ?
Un sommeil de néant, au fracas de la rue
Succède, se prolonge et ferme tous les yeux....
Mais la foudre en tonnant a secoué les cieux ;
Les pôles ont frémi, sur les mers courroucées
Le pêcheur tire envain ses barques fracassées,
Le gouffre les dévore et se ferme sur lui.
Le soleil radieux qui tout le jour a lui
Cache eu fuyant son front de rideaux effroyables ;
L'univers se dissout... les Dieux impitoyables
Frappent de tout le poids de leurs bras immortels,
Triturent les humains et vengent leurs autels....
Le Peuple à son réveil, effréné de colère,
Peut souffler les tyrans que la France tolère

Et charger l'Océan de leurs membres épars;
Barthe a miné le pieds de vos derniers remparts,
La Charte n'offre plus qu'une impuissante égide :
Qui saurait arrêter sa vengeance rapide?

Quand la Liberté vierge, après quinze ans d'affronts,
De ses jeunes lauriers eut ombragé nos fronts,
Le vieux siècle fermé par des éclats de trône
Eût dû prendre le nom de l'auguste matrône,
Compter de sa naissance une ère de bonheur,
Buriner dans l'Histoire une date d'honneur...
Mais, le sein déchiré du poison qui la tue,
La *Doctrine* indolente a, d'un pas de torture,
Traîné dans le sentier du géant des *Trois-Jours;*
Ses pieds sont dans la fange embourbés pour toujours.
Des jarrets sans tendons, un cœur plat et sans fibres,
Ulcéré par l'opprobre, Argus des peuples libres,
Trembleur engourdissant (1) ou pédant effronté,
Voilà le *Doctrinaire;* et la postérité
Pourra graver un jour au chevet de sa tombe,
« Ici roula le sang de la grande hécatombe : »
Car si le temps jamais dépètre sa lenteur,
Il reviendra mourir aux pieds du Créateur
(S'il n'a trop reculé dans ses lourdes saccades).
Sur le pavé fécond des vieilles barricades;
Et nos fils le verront, où Juillet l'a placé,
S'engraisser du Présent en rongeant le Passé...

La jeune France arrive; elle apporte la gloire !.....

(1) Le **Trembleur** est un poisson de Surinann qui engurdit le bras dès qu'on
le touche, comme le *Système* paralyse tout ce dont il se mêle.

Ce sont de dignes fils des *Brigands de la Loire*
Ces généreux soldats dont les mâles efforts
Ont fait crouler sitôt ces imprenables forts,
Scellés, sous le canon, du cachet de leurs pères.
Gérard les commandait !... sous des cieux moins prospè
Waterloo le fondit au creuset du malheur (2).
L'Empire dans ses camps épura sa valeur,
Déversant à flots purs au sanctuaire de l'âme
Les rayons pénétrans d'une héroïque flamme.
Il a tout le foyer de l'aigle des combats !
C'était trop d'un tel chef pour trancher les débats,
Où l'Europe en grand cercle attendait accroupie
Qu'un drapeau fut usé pour le mettre en charpie.
La Victoire est français ! Il n'est plus de revers
Pour qui s'est baptisé sous les foudres d'Anvers ;
Un de ses laurier vaut un siècle de martyre !...

Que ne puis-je, ô Patrie ! abjurant la satire,
N'avoir plus à chanter que de brillans exploits !
Couronne sans fleurons, sous le sceptre des lois,
La palme orne si bien la tête rajeunie !
Les burins foudroyans de l'immortel Génie
Dont l'univers accourt admirer les travaux,
Les bombes en éclats ; sur des marbres nouveaux,
Ont imprimé ton nom en traits inéffaçables.
Alger n'est qu'un atôme égaré dans les sables
Auprès de ces trois mons adossés en géans,
Et les flancs hérissés de cratères béans
Comme un triple Vulcain prêt à cracher ses laves ;
Mais l'intrépidité n'a point connu d'entraves.

(1) Le maréchai Gérard commandait le quatrième corps d'armée dans la malheureuse journée de Waterloo.

Tu veux vaincre, et GÉRARD en s'ouvrant un accès
A d'un bras tout puissant enchaîné le succès!

Voilà ce que nos fils apportent pour ÉTRENNES.
Eh! bien, lâche *Doctrine* avant que tu les prennes
Que vas-tu leur donner pour ce bouquet naissant
Qu'ils ont depuis un mois arrosé de leur sang?
Au paisible village, où l'ombre des familles
Unit, chaque printemps, le cercle des familles,
Béniront-ils la main des *Monarques* et n
Non; ils vous maudiront, Ministres absolus
Qui trempez contre tous un poignard fraticide.
Si malgré sa frayeur l'Étranger se décide
A déborder sur nous un million de soldats,
Quels seront vos renforts? Ces traîtres à mandats
Qui n'ont jamais appris qu'à voter des centimes?
Ces ardens zélateurs des *Princes légitimes*
                    et cachés dans leur nobles faubourgs,
Ont renié trois fois l'*Embarqué* de Cherbourg?....
Pourquoi rompre un levier qui fait craque la terre;
C'est votre srul digue, au flot de l'Angleterre,
Et vous la détruisez! et votre esquif errant

S'abandonne sans rame aux fureurs du torrent!...
O France! ô Liberté, vierge forte et sacrée!
Je n'avais que ma Lyre et je l'ai consacrée
A ces peuples souffrans que le joug a flétris;
Réveillez dans les cœurs des échos à leurs cris,
Et portez jusqu'au ciel ma tremblante prière!...
Que le glaive se brise à la main meurtrière
Qui cherche dans nos flancs un passage au trépas;
Que la *Doctrine* un jour ouvre l'étroit compas

Qui sert depuis deux ans de mesure à sa taille ;
Puissent nos Trois Couleurs fumantes de bataille
Épouvanter les Rois soulevés contre nous ;
Et le *Système* las de marcher à genoux
Reprendre dès demain la pose militaire ;
Qu'un texte de la Charte un retour salutaire
Étouffe la *Loi-Barthe* en sortant du berceau ;
Que le Ministre prompt à rompu le faisceau,
Imposé par le crime à notre tête nue,
Rendre hommage à la loi trop long-temps méconnue ;
Qu'il s'accuse lui-même, il obtiend a pardon :
Que l'intrigue jamais ne s'arrache un cordon
Comme un lambeau souillé d'une pièce en curée ;
Que le Pouvoir enfin garde la foi jurée,
Et laisse un pays libre à nos derniers neveux !...
C'est là mon but constant et l'objet de mes vœux.

J.-F. **Destigny.**

Cette Satyre politique, paraissant tous les dimanches par livraison d'une feuille
in-4°, formera à la fin de l'année un volume complet de 52 feuilles.

PRIX DE LA SOUSCRIPTION :

Pour les 52 livraisons. . . . . 40 fr.   Pour   13   id. 10
Pour   26   id.   20   Et 2 fr. de plus pour les départemens.

ON SOUSCRIT :

Chez PAULIN, libraire-éditeur, place de la Bourse ; au CERCLE LITTÉRAIRE,
boulevart Bonne-Nouvelle ; et chez l'AUTEUR, passage du Saumon,
maison n° VI, hôtel des Étrangers.

On trouve *la Barthélemiade* chez PAULIN et chez tous les libraires du
Palais-Royal. Prix : 1 fr. 50 cent.

PARIS. — IMPRIMERIE DE AUGUSTE MIE, RUE JOQUELET, N° 9, PLACE DE LA BOURSE.

NÉMÉSIS
INCORRUPTIBLE.

Par J.-F. Destigny de Caen,

AUTEUR DE LA BARTHÉLEMIADE.

ÉPIPHANIE ET PASSION DE LA LIBERTÉ.

En ce temps-là, meurtri sous la Sainte-Alliance
Le Peuple en Béranger mettait sa confiance,
Car le Chantre-prophète endormit ses douleurs.
Le jour assigné vint effacer nos malheurs,
Et le fleuve des rois eut d'horribles cascades.
Sur des bras nus et forts, entre des barricades,
La France toujours vierge, après l'adversité,
Mit au monde ce fruit qu'on nomma : Liberté.

Juillet tenait encor le sceptre de l'Année ;
L'arc-en-ciel du Lion à l'Europe étonnée

Déroula dans les airs nos immortels drapeaux,
Et, des Faubourgs, pasteurs des vaincus en troupeaux,
Le vainqueur descendit adorer son Messie....
POLONAIS, écrasé du joug de la Russie,
BELGE, trop tôt vengeur des maux qu'il a soufferts,
Esclave ITALIEN, tous ont brisé leurs fers,
Tressailli d'un bonheur qui brillait sous le voile,
Et, *Mages*, sont partis sur la foi d'une étoile !

Mais, débordant soudain des Gisquets sur leurs pas,
Nos Hérodes troublés ont ourdi le trépas
De la *Reine* qui vint pour le salut du monde :
Ils ont fouillé l'égoût d'une Police immonde,
Emprunté ses valets, ses poignards, ses discours,
Épuisé contre nous tout l'arsenal des Cours,
Et sali de leurs mains ce qu'ils n'ont pu détruire.
L'*Absolutisme* attend qu'on revienne l'instruire
Du palais où la vierge a trouvé son berceau :
Il le cherchait au Louvre, il est à Saint-Marceau,
Dans le réduit obscur où la Canaille étreinte
Endort sa pauvreté sans remords et sans crainte.
De vieux pans de muraille accroupis sous les toits,
Un grabat resserré dans leurs angles étroits
Et chargé des débris d'un faîte qui s'écroule,
C'est le château, tyrans graissés de sainte-ampoule,
Où l'astre s'arrêta, flétrit de son ardeur
Vos sceptres dont l'or seul fait toute la splendeur,
Eclipsa votre orgueil et fondit la couronne.

Eh ! quand ces Peuples-rois que la foule environne
Ont reconnu l'étoile au disque étincelant

Qui marchait devant eux, ils ont d'un cœur brûlant
Senti les coups pressés soulever leur poitrine !
Ce n'est point un feu pâle, un transport de *Doctrine*,
Un délire d'*Adresse*, une flamme d'encens,
Mais un volcan d'amour aux cratères puissans
Qui lance en tourbillons le torrent de ses laves.
Si nos Frères du Nord, indigné d'être esclaves,
Courbent leur front guerrier devant la Liberté,
Le Belge impatient, vers la crèche emporté
Se précipite alors dans le sein de la France ;
Eh ! bien, il ouvre envain son âme à l'espérance,
Un bras d'acier l'attend au giron maternel ;
L'Anglais doit l'enchaîner sous un joug éternel !
L'Italien, jouet d'une fable grossière,
De ses vieux étendards a battu la poussière ;
Il adore à genoux la Fille des Trois-Jours,
Il croit des Papolins s'affranchir pour toujours,
Et l'hydre du *Système*, en dépouillant le trône,
A rongé ses lambeaux sous les remparts d'Ancône.

La Liberté pourtant sourit à leurs efforts ;
La France leur promit tous ses fils pour renforts,
Mais un bâillon de honte une infâme apathie
Étouffe dans l'opprobre un cri de sympathie....
Cadenassant le bras prêt à les secourir.
Un Ministre français les condamne à Paris !
La Pologne est en deuil ; on a rompu son glaive ;
Son réveil c'est l'horreur, sa gloire fut un rêve !
L'Italien entrouvre un œil agonisant,
Il cherche le passé dans la nuit du présent ;
Tout disparaît : l'Autriche a renoué sa chaîne !

Et la Belgique râle à sa perte prochaine...
Anvers n'est plus qu'un champ dépouillé de lauriers;
Vaste cirque engraissé de membres roturiers,
Qui n'enverra jamais de sève à la patrie;
C'est un tertre arrosé quand la tige est flétrie.

Mais revenons : Paris admirait triomphant
Nos Mages inclinés aux pieds de cette enfant
Qui couve à l'Avenir des siècles dans ses langes :
Il rêvait du grand char escorté de phalanges
Qui traîna la Victoire au vieux temps qui n'est plus;
Et l'ignoble instrument des Monarques exclus,
Ce Monstre-Casimir, digne valet d'Hérode,
Le *Système,* en un mot, dont la dent nous corrode,
Exhuma les décrets de l'ère Mil six cents
Pour déchirer le sein des Sauveurs innocens,
Il espérait frapper la *Reine* dans le nombre,
Mais le Peuple-géant la couvrit de son ombre;
Elle trouva l'Egypte au fond de notre cœur...
Le frélon a pompé le butin du vainqueur
Sacrifié la gloire à sa démagogie,
Dans les cachots profonds de Sainte-Pélagie,
Entassé notre honneur sur des pavés trempés
Du sang de ces martyrs qu'un serment a trompés;
Et peut-être, au retour d'un *prince légitime,*
Saurait-il immoler la France pour victime..

Le ciel pour délivrer les Peuples de ses mains
A, loin du *Pont-d'Arcole,* ouvert d'autres chemins
Sur la Seine orgueilleuse, au bout des Tuileries;
Ils ont franchi srns peur le *Pont-des-Jongleries,*

Porté le germe saint en de lointains climats,
Imprimé la terreur au front des Potentats,
Et relevé l'autel abattu par l'impie...
La *Doctrine* a bientôt de son tact de harpie
Corrompu les parfums, éteint le feu sacré,
Profané tout le temple à peine consacré,
Pollué le sanctuaire et dévoré l'offrande;
Ce n'est qu'en ses forfaits qu'on peut la trouver grande.

Que pour des malheureux les mois roulent pesans
Sous le doigt du Destin dans le cercle des ans!
Le bonheur part si prompt, l'infortune est si lente!
Juillet a moissonné; la cigale indolente
Vide tous les épis qu'il gardait pour l'hiver :
Le plus beau fruit devient la pâture d'un ver !
Il ne reste plus rien à la France affamée
Que d'affreux souvenirs ! Sa vieille renommée
A pâli sous l'affront des fourches du Pouvoir.
Son nom n'est plus mot, ses flancs un abreuvoir.

Où la faveur conduit de viles créatures.....
Qui renversa l'espoir de nos palmes futures,
Le Roi-républicain, la Charte-vérité,
Les monumens promis et notre Liberté?
L'oubli les a foulés dans son vaste domaine
Auec le dernier jour de la Grande Semasne.
Tout est fermé pour nous : les cieux vont s'embrunir;
La gloire en s'écroulant a fermé l'Avenir!

De nos *Carbonari* la foule patriote

A vomi son Judas; Barthe-l'iscariote
Trahit de son baiser l'OEuvre du Tout-puissant,
Entasse des deniers pour la *terre de sang*,
Et livre le Sauveur à sa longue agonie....
Dupin trahit aussi; l'apôtre qui renie
Qu'une voix de servante a fait trois fois changer,
Qui s'enfuit comme Pierre à l'aspect du danger,
N'est qu'un traître hypocrite, un disciple perfide,
Un lâche un d'honneur, fanfaron et cupide.
Des bains n'ont su laver la tache de leurs fronts (1).

Le Peuple-créateur est abreuvé d'affronts;
On l'attache sanglant au pilier du prétoire.
Où Pilate-Persil darde un réquisitoire
Sur qui casse et replâtre un Monarque *en trois jours* ;
L'innocent est jugé, condamné sans recours,
Traîné comme un brigand au palais du grand prêtre,
Insulté des ingrats que son bras a fait naître;
Étendu sur un bois jusqu'alors odieux,
Et, maîtrisant la mort de son œil radieux,
Élevé comme un Christ au sommet du Calvaire!

La sainte Liberté que l'Europe révère
Expire dans ses fils en *l'an trois de Julllet*..
De la Charte en lambeaux d'Argout prend un feuillet
Pour y tracer le nom de la *Reine* mourante
Qui prêcha le Programme après dix-huit cent trente!..

(1) Tout le monde sait que M. Dupin resta caché dans les bains Vigier, tandis que le peuple tombait dans les rues de la capitale, sous la mitraille du parjure.

La victime abaissant un regard attendri
Reconnait de sa croix son disciple chéri :
« LAFFITTE, lui dit-elle, à sa douleur amère
« N'abandonne jamais la France notre mère ! »
Elle relève au ciel son œil déjà fermé :
Un long soupir s'échappe... *et tont est consommé !!*

Quand le Peuple, tyrans, disloqué de torture
Semble un cadavre froid et noir de sépulture,
Vous rechargez de fers ses membres engourdis ;
Des crimes sont tramés, des complots sont ourdis
Pour river ses écrous et souder ses entraves :
Eh ! le peuple français est un monde de braves ;
Il peut aux jours éteints rendre des jours plus beaux
Et ranimer d'un choc la cendre des tombeaux
Où la *Doctrine* a cru la vengeance endormie...
Vos cœurs sont, il est vrai, gangrénés d'infamie,
L'arbitraire abattrait ce qui lasse un bourreau ;
Mais le sabre une fois arraché du fourreau
Le Vengeur sait courber les têtes couronnées.

Si le Christ dans le roc a passé trois journées
Si, d'un bras immortel déchirant le linceuil
Qui l'enchaînait encore aux flancs creux du cercueil
Il s'ouvrit un passage à la voute des cieux,
Ne saurait-il prêter sa lumière à des yeux
Obscurcis de fatigue ou noyés dans les larmes ?
Un repos de vingt mois a-t-il rouillé nos armes
Et rongé ces boulets que nos mains ont fondus ?
Tous nos vieux défenseurs sont-ils aussi vendus

A ces *Courtiers-marrons* traficans de bassesse,
Qui pleurent aux genoux *d'une auguste Princesse*,
EEt proscrivant l'honneur de leurs palais ambrés?
Oh! non ; laissons lo honte aux courtisans cambrés
Qu'on voit au niveau-Thiers rapetisser leur taille.
Marchons libres et droits comme un jour de bataille,
Sous le bronze tonnant des créneaux ennemis;
La valeur soutiendra nos jarrets affermis
Dans les sentiers ardus que borde un gouffre avide;
Si la corruption, à la face livide,
Accrocha de sa griffe un membre envenimé,
Jettons son or impur a l'or qui l'a limé :
Son poison s'étendrait comme un feu dans nos veines...
Non, jamais délirans de ces promesses vaines
Que la Royauté sème un jour d'avènement,
Nos seins n'épancheront, sur la foi d'un serment,
Des vœux souvent cruels pour le cœur qui les forme...
Confiant dans le temps que le peuple s'endorme,
L'avenir usera ses menottes d'airain;
Tel naquit Harpagon qui trone souverain...

                                              J.-F. Destigny.

Cette Satyre politique, paraissant tous les dimanches par livraison d'une feuille
in-4°, formera à la fin de l'année un volume complet de 52 feuilles.

PRIX DE LA SOUSCRIPTION :

Pour les 52 livraisons. . . . . 40 fr.   Pour 13   id. 10
Pour   26   id. 20   Et 2 fr. de plus pour les départemens.

ON SOUSCRIT :

Chez PAULIN, libraire-éditeur, place de la Bourse; au CERCLE LITTÉRAIRE,
   boulevart Bonne-Nouvelle; et chez l'AUTEUR, passage du Saumon,
   maison n° VI, hôtel des Étrangers.
   On trouve *la Barthélemiade* chez PAULIN et chez tous les libraires du
Palais-Royal. Prix : 1 fr. 50 cent.
   (1) Le Trembleur est un poisson de Surinam qui engourdit le bras dès qu'on
le touche, comme le *Systéme* paralyse tout ce dont il se mêle.
   (1) Le maréchal Gérard commandait le quatrième corps d'armée dans la
malheureuse journée de Waterloo.

NÉMÉSIS

INCORRUPTIBLE,

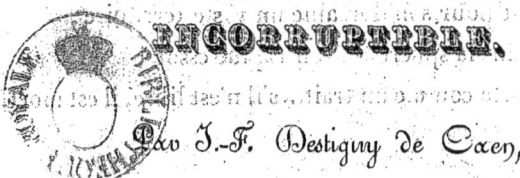

Par J.-F. Destigny de Caen,

AUTEUR DE LA BARTHELEMIADE.

———— ✦ ————

NÉMÉSIS EN POLICE CORRECTIONNELLE (1).

————

A mes Juges.

MESSIEURS ,

Le vrai poète est l'ange affamé d'ambroisie ;
Son haleine est accord, son ame poésie,
Sa verve un cœur de feu qui soupire des chants ;
Il vit de ces transports , de ces rives touchans

(1) *Némésis* avait été assignée à comparaître, vendredi dernier, devant la
sixième chambre (tribunal de police correctionnelle), à l'effet de fournir un
cautionnement, et pour s'y entendre condamner à prison, amende et dépens,
comme ayant fait paraître un *journal politique* sans avoir préalablement rem-
pli les formalités voulues par la loi.

Où la raison s'égare au vol de la pensée.....
Son être est la vapeur dans les airs balancée ;
Son génie un éclair qui déchire les cieux,
Se perd sous l'horizon et scintille à nos yeux,
Bien que déjà plongé dans la nuit de l'histoire,
Tout est pour son domaine un vaste territoire,
Et l'infini la sphère où son rapide essor
L'emporte comme un trait... s'il n'est libre, il est mort.

Et Thémis va pour moi soulever sa balance !
Pour moi que le Pouvoir convoite de sa lance,
Et qui, vierge de haine, ai consacré mes vers
A démasquer l'abus d'un *Système* pervers !...
L'ombrageuse *Doctrine* a tonné sa requête :
Son glaive est d'un cheveu suspendu sur ma tête,
Et je viens l'affronter ! Mon nom est inconnu ;
Qu'elle aiguise un arrêt, je m'y livre tout nu ;
Je n'ai point à la gloire emprunté son égide.

Eh ! qui peut irriter sa vengeance rigide ?
Ai-je, au soir de JUILLET, ourdi son lendemain ?
Dans l'égout d'une émeute ai-je trempé la main.....
Au tocsin frémissant d'une corde ennemie,
Bourdonné le réveil de la France endormie ?...
Non ; rêve, rêve encor, mourante Liberté,
Que la Charte en lambeaux soit *une vérité* ;

Peut-être le sommeil engourdit l'infortune.
J'ai vu dans la révolte une arme inopportune,
Son fil est émoussé. La faulx seule du temps
Peut abattre cette hydre aux membres impotens,
Qui languit de molesse en rongeant nos entrailles ;
Octobre de son fort a sapé les murailles :
On le verra crouler, comme un trône en débris,
Sans qu'aux pieux vermoulus de ses frêles abris
Le Peuple assène un coup de sa lourde massue.

Mais pourquoi ce procès ? Quelle en sera l'issue ?
Mes traits ont-ils piqué le front du Potentat ?
Suis-je un des prévenus de *l'horrible attentat* ?
Eh ! non : un courtisan m'a jeté sur l'enclume ;
Il balance un marteau pour écraser ma plume !
Sectatre maladroit ! le feu de ton encens
Va fêler ton idole ; et mes jeunes accens ,
Qui n'ont su qu'effleurer les échos de la foule,
Sont aujourd'hui l'esquif emporté par la houle.
De récif en récif, au rivage lointain......,
Tu tortures l'Auteur ? Son triomphe est certain.
Il voit grandir son nom dans réquisitoire ;
Il trouve un Capitole au pilier du prétoire !

Quel délit a poussé mu luth anti-vénal
Sur le banc des coupables, au pied de tribunal ?
Aucun !... Et le prétexte est-il au moins plausible ?

Peut-on ent tirraillant cette élastique bible,
Que l'on fait au besoin toucher en mil six cents,
Etouffer d'un *veto* mes distiques naissans?
Le droit français a-t-il abdiqué son empire?...
Dis mois sont écoulés depuis que la Satyre
A pendu sa banière aux crochets du Pouvoir;
Mais avant qu'on la vit s'enfler à l'ebreuvoir,
La *Doctrine* a vingt fois de ses tracasseries
Harcelé sans succès la Reine des furies;
Jamais rien que le lait n'engourdit ses serpens.

Les amandes, les fers, l'exil et les dépens
N'ont pas même une fois bosselés sa cuirasse,
E l'on veut q'aujourd'hui la même loi m'embrasse,
Qu'elle étreigne ma voix dans ses muscles d'airain...
On veut m'assassiner sur le même terrain!....

Le motif est ici caché sous l'apparence.
Si ma muse au *Système* eu fait la révérence,
Enfumé de parfums et chamarré de fleurs
L'argile de ce Dieu qui s'enivre de pleurs,
On aurait à l'offrande emprunté mon excuse..
Eh! que dis-je? arraché l'article qui m'accuse.
Mais, hélas! J'en conviens, j'ai, profane mortel,
Aspergé dans l'encens qui brûlait sur l'autel.
J'ai versé mon acide au front de la statue,
Son clinquant s'est ridé, sa couronne abattue,
Mon crime impardonnable et le châtiment prêt,

Tout semble contre moi mendier un arrêt !...
La censure du fisé après dix-huit cent trente,
Rogne l'esprit au pair d'un capital de rente,
Elle vend au trésors le brevet d'Apollon;
On doit à son octroi, pour entrer au vallon,
Tourner sa bourse pleine ; et là métromanie
Va contraindre par corps à l'impôt du génie !

O France ! qu'as tu fait de cette liberté,
Que jura, le sept août, la jeune Royauté?
Quand on vois aujourd'hui la *Doctrine* insensée,
dans l'âme de l'auteur séquestrer la pensée.
Eh ! craint-on que d'un vers les Yalons indiscrets
Nous montrent la sentine où vont les fonds-secrets,
S'engouffrer comme un poids qui tombe dans le vide :
Nous marchons sur le bord de ce Caribde avide.
L'horreur qui parle aux sens en avertit assez :
Nous voyons cent vallets y rouller entassés,
Et tout-puissant, l'honneur nous refoule en arrière.
Que craindrait-on enfin? de rompre la barrière,
Aux fous galvanisés du venin des partis?
Les feux de leur volcan sont bientôt amortis,
Quand ils sont ellumés par un soufle d'orage
Rien ne peut du pouvoir justifier la rage;
Il cherche à déchirer, et s'il eôre sa dent,
C'est pour cacher son fiel et tromper l'imprudent,
Qui pourrais à sa griffe abandonner sa vie.

Mais on ne verra pas sa vengeance assouvie
Dormir sur les débris de mon luth écrasé.
Cet amour du pays dont je suis embrasé,
L'intégrité des cœurs qui votent la justice,
La majesté d'un lieu qui proscrit le caprice,
Et le jugement lois qui n'est point effacé;
Tout cramponne la lyre à la foi du passé. (1)

J'ai terminé par ma profession de foi, insérée dans la première livraison de ma *Némésis*, et je ne crois pas inutile de la reproduire
ici pour les personnes qui n'auraient pas souscrit dès le commencement de la publication.

Si par le fiel mordant où ma plume est trempée,
L'opinion timide un instant fut trompée,

(1) M. Barthélemy fut appelé en police correctionnelle pour cautionnement
de l'ancienne *Némésis*, la sixième chambre le condamna; il y eut appel devant
la cour royale qui cassa le jugement rendu en première instance, et acquitta.
Nouvel appel fut interjeté de cette décision par le ministère public, devant
la cour de cassation. La cour suprême enfin infirma le jugement de la cour
royale de Rouen, qui condamna M. Barthélemy par défaut. Mais la bonne
Doctrine, tracassière alor comme aujourd'hui, comme toujours, avait encore
et pour la même cause intenté un nouveau procès à la *Némésis*, devant la sixième chambre qui l'avait déjà condamné, éclairé cette fois par les *considéraus*
de la cour royale et les conclusions, favorables au prévenu, prises par M. Dupin lui-même devant la cour de cassation, le tribunal renvoya M. Barthélemy
de la plainte, et la cour royale, fidèle à ses principes, rejeta le pourvoi du
ministère public et confirma le jugement de la sixième chambre. Le jugement
de la cour royale de Rouen fut dès lors annulé dans son effet
 C'est malgré ce précédent que vendredi, le ministère public poursuivait la
Némésis incorruptible.

Lisez et jugez-moi , voilà ma *Trinité* :

Je veux la CHARTE , un ROI, je veux la LIBERTÉ !

La Charte de Juillet, un Roi... digne de l'être...

La Liberté pour tous, et le Droit seul pour maître...

Respectant le Pouvoir, j'en veux fronder l'abus ,

Et venger mon pays des affronts qu'il a bus...

Si l'on me voit jamais encenser la couronne ,

Ce sera pour Chanter le peuple qui la donne...

Je suis indépendant ; je veux rester actif ;

Car sous des verroux, on n'est pas moins captif.

De nos drapeaux enfin rajeunissant la gloire,

J'y veux, comme autrefois , enchaîner la victoire ,

Et saisir, sans trembler, un triomphe tout prêt...

Vous savez tout, MESSIEURS , prononcez mon arrêt.

J.-F. Destigny.

La NÉMÉSIS INCORRUPTIBLE a triomphé des absurdes tracasseries du fisc, Me de Charencey, avocat du roi, soutenait la prévention.

Mon droit, habilement défendu contre l'accusation, par Me Bethmont, dont le talent, le zèle et le patriotisme sont au-dessus de tout éloge, a trouvé dans l'indépendance de la sixième chambre, présidée par M. Mourre, la certitude que la Charte-Vérité, tant de fois et si lâchement déchirée par le système du 13 mars, peut toujours

Le tribunal, après dix minutes de délibération, a rendu son jugement en ces termes :

Attendu que M. Destigny a publié une suite de satire en vers, sous le nom de *Némésis* ; que cette production dont le caractère est éminemment littéraire, n'est pas consacré à traiter des matières politiques ;

Le tribunal renvoie le prévenu des fins de la plainte, sans amende ni dépens.

La 9ᵉ livraison de la *Némésis*, qui paraîtra dimanche, 20 de mois, aura pour titre : LIBERTÉ DES CULTES.

Le JUSTE-MILIEU, quelles que soient ses vexations à mon égard, n'éteindra pas dans mon sein l'amour d'une Patrie si belle et si indignement outragée par ses manœuvres de toute nature.

J'écrirai tant que son *système* sera vil et rampant, tant qu'il fera le déshonneur de cette fraction de la France qu'il tient encore sous sa griffe ; tant qu'il aura la bassesse de se traîner à la remorque de l'Angleterre et des roitelets absolus, tant qu'il sera lâche, corrompu, corrupteur et perfide.

C'est dire assez que je crains d'écrire encore long-temps.

Cette Satyre politique, paraissant tous les dimanches par livraison d'une feuille in-4°, formera à la fin de l'année un volume complet de 52 feuilles.

PRIX DE LA SOUSCRIPTION:

Pour les 52 livraisons. . . . . 40 fr.   Pour 13 id. 10
Pour 26 id. 20   Et 2 fr. de plus pour les départemens.

ON SOUSCRIT :

Chez PAULIN, libraire-éditeur, place de la Bourse ; au CERCLE LITTÉRAIRE, boulevart Bonne-Nouvelle ; et chez l'AUTEUR, passage du Saumon, maison n° VI, hôtel des Étrangers.

On trouve *la Barthélemiade* chez PAULIN et chez tous les libraires du Palais-Royal. Prix 1 fr. 50 cent.

PARIS. — IMPRIMERIE DE AUGUSTE MIE, RUE JOQUELET, N° 9, PLACE DE LA BOURSE.

NÉMÉSIS

INCORRUPTIBLE.

Par J.-F. Destigny de Caen,

AUTEUR DE LA BARTHELEMIADE.

LIBERTÉ DES CULTES.

> Chacun professe sa religion avec une égal e
> liberté, et obtient pour son culte la même
> protection.
>
> CHARTE-VÉRITÉ; ART. 5.

Un Dieu!!!.. Ce mot abime engloutit la pensée!...
Vide, nuit, profondeur où la foi balancée
Flotte comme l'esquif sur la vague des mers,
Comme un flocon de neige égaré dans les airs;
Dédale inextricable, océan de mystère,
Invisible volcan, qui vomit sans cratère,
Sur l'esclave enchaîné, sur le front des tyrans,
Des laves de bienfaits et des feux dévorans;

Et comprima l'essor de cette félonie :
Le Carillon-Henri fut un glas d'agonie...
Ces *Ministres de Paix*, au nom de l'Immortel,
Distillent leur venin des gradins de l'autel
Sur le peuple vengeur qui délivra la France,
Et s'endo.mit, hélas ! caressé d'espérance,
Pour ne plus s'éveiller que sous des fers pesans.
Ils maudissent Juillet ; et, gorgés des présens (1)
Qu'un roi semble à regret emprunter à son trône,
Épuisent contre lui tout l'arsenal du prône.
Ils prêchent le scandale au mépris de nos lois !
Voilà ces hommes saints, farcis de leurs exploits....
Qu'on voit éterniser l'abus du privilége !

Je n'ai pas cru devoir, d'un flambeau sacrilége,
Éclairer sous le voile un Dieu mystérieux,
Ce gouffre est trop profond pour y plonger mes yeux.

---

(1) Il est d'usage parmi les cardinaux, d'adresser, en qualité de prince de l'église, des lettres autographes aux souverains, à l'occasion du jour de l'an. Suivant l'étiquette du sacré collége, l'archevêque de Paris a donc adressé par écrit ses vœux à Louis-Philippe, et a obtenu de lui une audience particulière, avant son départ pour les départemens du Nord. Son éminence a reçu de la reine et des princesses les témoignages les plus flatteurs de l'intérêt que lui porte la branche cadette des Bourbons. La munificence royale ne s'est point bornée à la simple promesse de faire terminer promptement les ouvrages commandés pour la basilique de Notre-Dame, M. l'archevêque a été prié d'accepter trois grands tableaux, un service en vermeil à la romaine pour le grand autel, le tapis commencé depuis trois ans aux Gobelins, pour le chœur de la cathédrale, et quelques images de la Vierge, en tapis de la même manufacture, que le dévot Charles X réservait à la protectrice de la France, chaque procession annuelle du 15 août. Le prélat s'est confondu en remerciemens. On espère par là sans doute obtenir que, dans son prochain mandement, il s'exprimera d'une manière moins hostile à la révolution de juillet et au roi qu'elle a créé.

(Note communiquée.)

Mais j'ai dû protester, au nom de la Patrie,
Contre ces attentats où la Vierge flétrie,
La reine que l'espoir baptisa : *Liberté*,
Voit tomber en lambeaux sa Charte-Vérité.
J'ai dû lasser ma voix à crier anathème
Sur les actes cagots des *ventrus* du Système :
C'est là toute ma tache. Un mot de Souverain
Ne résonne jamais sur mes cordes d'airain.

C'est en vain qu'on prétend cultiver de l'épée
La foi qu'une promesse a tant de fois trompée,
Quand son germe rencontre un cœur ensanglanté
L'ame devient aride à la crédulité :
Prêchez, prêchez d'exemple, ébranlez sans la mine;
L'homme ne peut baiser la main qui l'extermine.
Vidocq au poingt d'acier, le *très-puissant* veneur,
Est au front de sa meute, un pauvre sermoneur;
L'éloquence-Gisquet fait peu de prosélytes.
Mazères (1) abrité de nombreux satellites,
Fredonnant à la foule un air de ses couplets,
Trembla, de souvenir, sous le vent des sifflets ;
Et les soldats confus de votre croisade
Eût préféré cent fois l'ennui d'une parade,

(1) M. Mazères, auteur dramatique, ancien lecteur de Charles X, est maintenant sous-prefet de l'arrondiisement de Saint-Denis. Il s'était fait le chef de l'expédition de Clichy.

Vous fouillez dans nos flancs, les armes à la main,
Le foyer demi-froid des horreurs fanatiques,
Où l'on boit le carnage au refrain des cantiques!
Ministres imprudens, laquais de Vatican,
N'était-ce point assez que l'honneur au carcan
Essuyât des soufflets à déchirer la joue?
Fallait-il aujourd'hui nous traîner dans la boue,
De la lèpre-Quelen infecter nos drapeaux,
Et contraindre la Gloire à paître des troupeaux?
Vous devez *protéger*, le grand Pacte l'ordonne,
Tout culte en Jéhovaln qui tolère et pardonne,
Mais, pour trancher au nœud le fil de ces débats
Où la perversité couve d'affreux combats,
Doit-on darder au sein la pointe de ses armes,
Noyer un grain de feu dans un torrent de larmes?
Ah! n'insultez donc pas au Monarque indulgent
Qui frappe le péché, sans en frapper l'agent;
Ne soyez pas si prompts à venger son injure,
Lavez plutôt ce trône entaché de parjure.
Que le ver de l'opprobre a rongé de cents parts,
Ce trône dont la loi vous a faits les remparts
Contre le vendéen, l'étranger, l'incendie,
Le *divin* despotisme et les bras qu'il mendie;
Ce trône charpenté par un Peuple puissant,
Et qui flottait, en juin, sur un fleuve de sang!....

Quand, jetés d'un extrême à l'extrême contraire,
Vous apesantissez le coup de l'arbitraire.

Sur des fronts que l'erreur cuirasse contre nous,
Au jour où Saint-Méry fit craquer vos genoux;
Vils transfuges, rongeurs de la Grande-Bataille,
C'est pour lécher aux pieds la noire valetaille
D'un exécrable pape engraissé de forfaits !
Quoi ! la dent du *Système* a broyé les bienfaits;
Le bienfaiteur succombe, un Quélen le pressure,
Et le Croisé-Gisquet déchire la blessure
Que sept mois de douleur n'ont pu cicatriser !...
C'est ton dernier bâton que tu viens de briser,
Doctrine maladroite; un jour, demain peut-être,
Si le feu d'un pavé jaillit sur le salpêtre,
A ton cri de détresse on restera perclus,
Et l'Écho de Clichy ne te répondra plus ! (1)

Tu changes tes lapons en plats valets d'Église ?
Je veux en quelques vers encadrer l'analyse
Des faits où le Clergé puise de si beaux droits.
Sous un lambeau proscrit, St-Germain-l'Auxerrois,
Méla des cris de mort aux hymnes funéraires.
Le sang français coula sous des mains téméraires
Que ta faiblesse armait d'un poignard assassin,
Quand Paris accourut à l'appel du tocsin,

---

(1) Les habitans de Clichy-la-Garenne, trompés comme tant d'autres sur les malheureux événemens de juin, débordèrent sur Paris, et croyant combattre lu *Carlisme*, ils firent *pâlir la République* devant la *très haute, très puissante* et *très excellente Monrrchie* de juillel.
On prétend qu'ils en sont è leur *meâ cuipâ !*

Devant le tabernacle, où l'ame hésite encore,
L'homme ferme les yeux, se prosterne et t'adore!

Il adore à tâtons, et son culte sacré
Divinise un *froment* qu'un mot a consacré...
Son Roi-des-Rois est là, sous la pourpre grossière
D'un pain fade, pétri de trois grains de poussière!
Humilité sublime! un *Tout* vaste et profond
Etreint dans ce *Rien* nu que nos propres mains font!...
Il faut ici l'effort d'une aveugle croyance,
La raison, d'un éclair, brûle sa confiance.
Et pourtant il adore! il tremble de frayeur
Dans le temple où ses doigts ont créé son Seigneur!
Ce n'est point à ce pain que s'adresse l'hommage :
L'œil humain cherche un Dieu sous les traits d'une image,
Mais, plus libre, la foi d'un vol audacieux
Franchit l'immensité, pénètre dans les cieux,
Et porte au Créateur de toute Créature,
Sons des rités divers, l'impôt de la nature.
Eh! qu'importe le vase où pétille l'encens?...

Ces solécismes saints, ces barbares accens
Que l'égoïste Rome impose à la prière
S'éraillent dans les tons d'une voix meurtrière;
On fatigue le Ciel de versets théatins.
Quand la foule chévrotte un jargon des Latins,
Interrogez les mots qui gonflent sa poitrine :

C'est un *salmigondis* de célestes doctrines ;
L'idiome étranger fane tous ses appas...
C'est un chant de poumons que le cœur n'entend pas.
L'oraison est la chaîne entre l'ame exilée
Dans un limon profane, au fond de la Vallée
Que tout frêle mortel abreuve de ses pleurs,
Et l'Etre indéfini, sans formes, sans couleurs,
Qui gouverne des Cieux l'impénétrable empire.
Les vœux brûlans d'amour que cette ame soupire
Montent comme un parfum jusqu'au trône éternel ;
De l'humble et du Très-Haut c'est l'hymen solennel !
Mais ce bras tout-puissant qui balance les Anges
Doit-il rester pour nous emmailloté de langes ?
Sommes-nous des enfans, au sceptre des leçons,
Contraints, sans nous comprendre, à murmurer des sons,
Où la ferveur s'éteint, de sublime étouffée,
Comme un vainqueur mourant sous le poids d'un trophée.

Si, trop long-temps battu par les flots papalins,
Le Vaisseau catholique amarre les grélins
Que la France lui jette au bord du précipice,
S'il croit en *chant français* se rendre Dieu propice,
Pourquoi river l'entrave à ses premiers efforts ?
Le Clergé gras d'abus, étayé de renforts
Et flanqué de soldats soustraits à la victoire,
D'une page de sang veut souiller notre histoire ;
Et vous, sous l'étendart du despote romain,

Devant un Léopold, sous les canons d'Anvers,
Que d'être l'instrument des ministres pervers
Qu'un parti furibond soufflait à la vengeance.
C'est bien : courbez vos fronts ; cette maudite engeance
Qui, lasse de tramer de perfides complots,
Va demain sous le crêpe évoquer des sanglots,
Viendra peut-être un jour, hypocrite cortége,
Charger de ses liens le bras qui la protége,
Arracher par flocons tous vos membres meurtris,
Et sur l'autel *royal* étaler vos débris.

J.-F. Destigny.

Cette Satyre politique, paraissant tous les dimanches par livraison d'une feuille
in-4°, formera à la fin de l'année un volume complet de 52 feuilles.

PRIX DE LA SOUSCRIPTION :

Pour les 52 livraisons	40 fr.	Pour	13 id.	10
Pour 26 id.	20	Et 2 fr. de plus pour les départemens.		

ON SOUSCRIT :

Chez PAULIN, libraire-éditeur, place de la Bourse ; au CERCLE LITTÉRAIRE,
boulevart Bonne-Nouvelle ; et chez l'AUTEUR, passage du Saumon,
maison n° VI, hôtel des Étrangers,

On trouve *la Barthélemiade* chez PAULIN et chez tous les libraires du
Palais-Royal. Prix : 1 fr. 50 cent.

PARIS. — IMPRIMERIE DE AUGUSTE MIE, RUE JOQUELET, N° 9, PLACE DE LA BOURSE.

NÉMÉSIS

INCORRUPTIBLE,

Par J.-F. Destigny, de Caen,

AUTEUR DE LA BARTHELEMIADE.

LES DEUX RÉVOLUTIONS. (1789—1830.)

Soumet.

I.

L'éternel fossayeur a sous la froide pierre

　　Couché trois générations,

Depuis que notre France a pris pour sa bannière

　　Le drapeau saint des nations ;

Depuis que, libre enfin de son vieil esclavage,

　　Un pied sur le royal pavois,

De ses mille ans de fers elle a vengé l'outrage

　　En s'abreuvant du sang des Rois !...

II.

Qu'elle était belle alors, dans sa colère ardente !
     Quand, les deux poingts ensenglantes,
L'œil flambant, d'un seul cri de sa bouche tonnante
     Elle ébranlait vingt royautés ;

Alors que, le sein nu, les pieds dans la poussière,
     Comme un joûteur rude et nervenx,
Inondant de son corps l'arène tout entière
     Elle tordait ses bras aux cieux !

Puis, qu'en ces mêmes bras étreignant le colosse
     Qui lui portait de nouveaux fers
Elle l'étendait mort, et creusait là sa fosse,
     Aux yeux béans de l'univers !

Qu'elle était belle alors ! Quelle vaste auréole
     Au front du Peuple souverain !
A l'oreille des Rois, de l'un à l'autre pôle,
     Son nom grondait comme l'airain.

Comme l'airain, lugubre, à la voix rauque et sombre,
     Quand il jette son glas aux vents,
Et qu'ébranle la nuit, il répète dans l'ombre
     Le dernier râle des mourants !

Oui, tous les rois tremblaient ! ils lui demandaient grâce,
    Ils se courbaient devant ses pas ;
Ils abaissaient leurs fronts devant sa grande face,
    Car elle était reine aux combats :

Car ses jeunes drapeaux, au vent de la Victoire,
    Se déployaient avec fierté ;
Frissonnent de plaisir à l'hymne de la gloire,
    A l'hymne de la Liberté !

Car enfin, aux éclairs de son grand cimerre,
    Tous pâles, tremblans, ébahis ;
Lui laissaient élargir sa ceinture de guerre
    Depuis le Rhin jusqu'à Memphis !

III.

Maintenant voyez-la comme une mendiante
    Assise au rebord du chemin,
L'œil éteint, le front bas et la voix suppliante
    A l'Étranger tendre la main !

Voyez-la demander aux porteurs de couronne,
    Qu'au poids d'un insultant mépris,
Ils veuillent bien encore lui jeter en aumône
    Quelques jours de paix à tous prix ! ! !....

Dites, est-ce bien là cette grande coureuse,
            Qui toujours vivait en plein air ;
Qui lançait au printemps sa cavale fougeuse
            Pour ne retourner qu'en hiver ?

Cette fière amazone, à la mamelle dure ;
            Au teint bruni par les volcans ;
Qui toujours sac au dos, sous son épaisse armure
            N'avait d'amour que pour les camps !

Oh ! pitié ! les affronts lui pleuvent sur la tête
            Autant qu'autrefois les lauriers !
Sur son fumier d'opprobre elle reste muette
            La grande Mère des guerriers !...

IV.

Mais qu'est donc devenu ce robuste manœuvre,
            Ce dur maçon aux sales doigts,
Qui par un jour d'été, quand il se met à l'œuvre,
            N'en a pas assez de trois Rois ?

Ce fier démolisseur des tours de la Bastille
            Qui, fatigué d'être à genoux,

Un jour prit d'une main la royale guenille.
    Et la traîna dans les égoûts?

Ce peuple enfin, ce peuple à la voix de Santerre,
    Aux bras charnus, à l'œil hagard
Qui, de sa bouche en feu, jetait pour chant de guerre
    La *Marseillaise* ou le *Départ !*

Est-il mort tout entier ? et lassé de se battre,
    Insoucieux de ses destins,
Son fils ne veut-il plus que sa place au théâtre,
    Sa part de jeux et de festins ?

Non, le siècle l'a vu, ce géant à l'œil sombre
    Pendant trois jours fier et debout
Du peuple son aïeul refléter la grande ombre
    Et faire à son tour son dix août.

En revoyant partout ses vieilles armoiries,
    Son roi, l'inepte au front chenu,
Crut pouvoir oublier le jour des décuries,
    Et prit en main le glaive nu !

Alors, comme un torrent qui déborde et ravage,
    Aux cris du tonnerre et des vents,

Sur le trône élancé, le peuple de notre âge
L'inonda de ses flots mouvans.

Alors, comme dans l'air la plume voyageuse,
De son tillac le vieux Nocher
Fut emporté bien loin par la vague orageuse
Et retomba sur un rocher!...

Mais après ce grand bond, soit dédain ou fatigue
Le torrent appaisa ses flots
Sécoua son écume, et, rentrant dans sa digue,
Laissa le calme aux matelots,

Les matelots!... bon Dieu! quand eut cessé l'orage,
En vient-il au gaillard d'avant,
Étaler à nos yeux leurs cartes de voyage
Et leur fermeté sous le vent!

Ce n'étaient que Jean-Barts, que vieux foudres de guerre
Que véritables loups de mer

Qui connaissaient à fond le gouffre populaire
Et les assauts du flot amer,

Tous devaient sur le front de la lame écumeuse
Faire voler le grand esquif,

Sans jamais rencontrer dans la plaine houleuse
Ni banc de sable, ni rescif!...

Eh! bien, tous ont conduit le robuste navire
Fait en trois jours et d'un seul bloc :

Qu'en ont-ils fait?... Voyez : un ponton qui chavire
Au moindre vent, au moindre choc :

Un naigre et plat bateau, sans voile, sans cordage,
Qui trace un pénible sillon,

Et qui par tour les nains accroupis au rivage
Voit cracher à son pavillon!...

VI.

O Peuple des *Trois-Jours*, Peuple à l'immense taille,
Le nom français est immortel!

Elle vivra long-temps la grande représaille
Qui suivit le royal cartel.

Mais pourtant souviens-toi, fils de la grande Armée
Que des bords du Nil aux Balkans

Ton vieux père porta sa poitrine entamée,
Et qu'il blanchit sous les volcans!

Souviens-toi qu'il n'est pas un écho dans l'espace
Qui ne te redise son nom,

Et que son pied vainqueur marqua partout sa trace
Depuis le Rhin jusqu'à Memnon.

Eh! si tu veux qu'un jour la Gloire aussi te nomme
Tiens, comme lui, tes bras levés,

Fait tout seul ce qu'il fit avec l'aide d'un *homme*,
Et ne dors pas sur tes pavés!!

J.-F. Destigny.

Cette Satyre politique, paraissant tous les dimanches par livraison d'une feuille
in-4°, formera à la fin de l'année un volume complet de 52 feuilles.

PRIX DE LA SOUSCRIPTION:

Pour les 52 livraisons. . . . . 40 fr. Pour 13 id. 10
Pour 26 id. 20   Et 2 fr. de plus pour les départemens.

ON SOUSCRIT :

Chez PAULIN, libraire-éditeur, place de la Bourse ; au CERCLE LITTÉRAIRE,
boulevart Bonne-Nouvelle ; et chez l'AUTEUR, passage du Saumon,
maison n° VI, hôtel des Étrangers.

On trouve *la Barthélémiade* chez PAULIN et chez tous les libraires du
Palais-Royal. Prix : 1 fr. 50 cent.

PARIS. — IMPRIMERIE DE AUGUSTE MIE, RUE JOQUELET, N° 9, PLACE DE LA BOURSE.

NÉMÉSIS

INCORRUPTIBLE,

Par J.-F. Destigny de Caen,

AUTEUR DE LA BARTHELEMIADE.

MUSÉE MINISTÉRIEL. (PREMIÈRE GALERIE.)

Depuis que les trois jours de la Grande-Semaine,
Ont vu le Peuple-fort, se ruer dans l'arène,
Et jeter d'un seul coup de son bras de géant,
Comme de vains hochets, trois trônes au néant;
Deux ans se sont passés! deux ans d'ignominie
De crimes, de revers et de lente agonie;
Deux ans chargés de honte, et si riches d'affronts
Qu'on devait voir tout droits, les cheveux sur nos fronts.

Oh! qui l'eut dit, alors, que déchaînant ses laves
Comme un volcan d'enfer, qui ruisselle ces épaves,
Paris entier grondait!..., Qui nous l'eut dit alors
Que la foudre à la main, et la bouche sans mors,
Le prolétaire assis, sur les coussins du trône
Faisait trembler les chairs à tout porte-couronne!
Alors! qui nous eut dit, que dans ce même lieu,
S'élèverait bientôt l'autel d'un nouveau Dieu
Qu'il nous faudrait encor baisser nos grande-faces
Devant des oripeaux, ridicules préfaces
D'un livre qui n'est plus. Qui nous eût dit qu'en vain
Nous balayions du sol les rois de droit divin,
Que notre belle France aurait encor des maîtres;
Qu'on nous dirait *sujets!* et qu'à défaut de prêtres
Pour nous siéner les flancs, de serviles rhéteurs,
De vils roués vieillis au métier de flatteurs.
Tous ces hommes au sein creu, gens à l'épaule torse
Qui léchaient si soumis les éperons du Corse,
Et qu'on a vus plus tard, courtisans du Saint lieu
L'hypocrisie au front venir manger leur dieu;
Que tous ces plats valets trafiquant de nos gloires
Vendraient à l'Étranger notre part de victoires:
Qu'on les verrait monter au suprême pavois
Nous boire nos sueurs dans la coupe des Rois.
Et cela, quand la faim au sein des grandes villes
Recruterait des bras aux discordes civiles,
Quand les fils de juillet, d'une furtive main,
Au coin des carrefours demanderaient du pain!

Voilà pourtant, voilà la véridique histoire,
Je ne prends rien de trop, au hideux répertoire,
Tout se voit au grand jour, et le pâle troupeau,

Le Peuple, qui n'a plus que les os et la peau,
De nouveau pressuré par les gens de l'École
Va se voir dépouiller de sa dernière obole!

Oh! c'est trop! nains dorés! La rage dans mon cœur
A creusé trop avant; il faut que ma fureur
S'échappe à flots pressés de ma chaude poitrine,
Que j'aille remuer cette impure sentine
Qu'on appelle la cour!... Il faut que de mon fiel
J'empoisonne les vins et les coups de miel,
Et, qu'allumant ma torche au feu de vos bougies,
Je traîne ma serpente à vos folles orgies.

Quoi! valets sans pudeur, hommes du drapeau blanc,
Vampires éternels au fanétique flanc,
C'était trop peu pour vous que de voir aux batailles
L'Europe hatelante, et le fer aux entrailles,
Heurtant contre les rois ses peuples soulevés
Appeler à grands cris les héros des pavés.
Et puis, les flancs ouverts, en maudissant la France,
Tendre aux bouchers royaux sa gorge sans défense;
Trop peu que d'avoir vu *a* guerrière au sang noir,
La Pologne rouler fumante à l'abattoir!
Et sous le ciel romain, l'aigle du Capitole
A deux fois étranglé par un porteur d'éole!
Il vous fallait, vous, serfs aux gages des tyrans;
Étouffer dans nos cœurs le germe des volcans,
Et, traînant aux égoûts le drapeau tricolore,
Éteindre de Juillet l'immense météore!
Mari, royaux mandarins, gendarmes de haut lieu,

Avant que votre char, de son rapide essieu
Nous ait précipités jusqu'au fond de l'abyme.
Plus d'un cri partira de l'orageuse cime,
Avant que la victoire ait fini les débats,
Plus d'un effort vengeur arrêtera vos pas!
Peut-être vous croyez qu'en gorgeant un esclave,
Vous aviez au volcan refoulé toute lave?
Et qu'en voyant vos pieds séchés par Juvénal
Nul n'oserait s'armer de son fouet infernal?
Mais ne savez-vous pas, impudente matamores,
Que la France s'en va suant par tous les pores
Une sève brûlante, un sang chaud et fécond,
Qu'en se battant les flancs, elle peut d'un seul bond
Vous jeter à la face une innombrable armée
Qui saura manière et la plume et l'épée!
Ah! tout est mort!... Eh bien! en attendant le jour
Où le Peuple en champ clos appellera la cour,
C'est moi qui reprendrai le gantelet d'Entelle.
Je veux vous fatiguer d'une guerre éternelle,
Mendians effrontés qui gorgés de millions,
Dévorez sans pudeur, le suc de nos sillons.

Vous la verrez long-temps cette vengeance ailée
De son char flamboyant heurter échevelée
Et jeter à tout peuple attentif à sa voix
De ces mots qui fesaient suer le front des Rois!
Et vous pourrez, tronquant mon vers tout à votre aise,
En faire le tocsin de l'an quatre-vingt-treize,
Me secouer au front tous les cœurs palpitans
Que fendit et broya le glaive de sept ans!
Rien ne m'arrêtera, car sainte est ma colère;

Ma liberté n'est pas la fille de Santerre,
La buveuse de sang aux bilieux poumons
Qui les flancs tout garnis de crocs et de harpons,
S'en va manger les cœurs dans les vierges poitrines
Et se pend délirante au cou des guillotines !
Non, non, je ne veux pas de cette Liberté
Qui porta le bonnet du prince Égalité,
De cette femme soûle aux voluptés brutales
Qui, s'énivrant de pleurs et de sang et de râles,
Ne s'accouplait jamais qu'à des hommes de fer,
Vrais orages vivans échappés à l'enfer !
Et pourtant comprenez mon sauvage délire,
En mes fougeux transports je ne viens pas maudire :
Car pour remettre à neuf l'antique monument,
Le sang, à mon avis, n'est plus un bon ciment ;
La liberté pour moi, c'est la fille magique
Qui parut au soleil de notre République,
Et qui ceignant aux reins l'écharpe aux trois couleurs,
Par ses chants belliqueux endormit nos douleurs.
C'est l'immortel juillet ! mais juillet sur sa lave,
Et leur regard douteux. Ce sont là nos ministres,
Ce sont là nos sauveurs, les hardis matelots
Qui doivent à nos frais mettre la barque à flots ?

Le premier en avant dont la face cuivrée
Reluit comme un citron dans sa riche livrée,
Et dont la sale peau semble un vieux parchemin
Laissé pendant six mois aux griffes d'un gamin,
C'est le maréchal Soult, bedeau de sacristie,
Que la France indignée a vu manger l'hostie,
Alors qu'aux glands soyeux du très Saint-Sacrement

Appendaient pensions, brevets et traitement!
C'est le même qu'on vit, au grand jour funéraire,
Traître au géant tombé du dix-huit brumaire,
Et, couvrant de sa main comme un vil apostat
Tous ses crachats de cour, ses galons de soldat,
Vendre sa part de bronze à la grande Colonne
Pour aller élever près des sables d'Olonne
Là bas à Quiberon d'un pieux monument
Aux frères de Condé le premier fondement;
Cet homme ne croit pas à la Liberté Sainte,
Son ame de valet sur sa face est empreinte;
Il sourit de dédain au nom d'égalité.
C'est ce plat courtisan de toute royauté;
C'est dans un corps de fer une ame de notaire:
On le verrait signer pour la mort de son père
S'il en devait venir argent ou dignités,
Ou qu'il dût de plus près toucher nos Majestés!
Enfin pour en finir c'est le canon fait homme.
Eh bien pourtant voyez, c'est celui-là qu'on nomme
Pour tenir haut levé notre saint labarum,
Réglementer la France, et parler au forum!
Oh! nous n'avions jamais reçu dans le visage
Depuis un demi-siècle un plus sanglant outrage!

Mais voyez tout auprès ce petit homme rond
Se dresser sur ses pieds?... voyez, c'est le second!
Dieux! a-t-on jamais vu face d'apothicaire
S'étaler au soleil plus plate, plus grossière!
Quand nul n'osait toucher à la brûlante épave,
Et que le front brûlé comme le vieux Vulcain
Le Peuple dans Paris grondait en souverain!
C'est enfin cette femme à la dure mamelle

Qui, nous versant au cœur une flamme rebelle
Et tenant par la main la sainte Egalité,
Nous dit : Point de tyrans! voilà ma Liberté!
Voilà ma liberté, ma grande chatelaine
Pour laquelle mon bras doit tomber, dans l'arène,
Sur tous les fronts marqués du sceau réprobateur.

Eh! d'abord, droit à ceux qui sont sur la hauteur!
Avant que jusqu'au bout leur pièce soit usée
Je veux vous les montrer à mon royal Musée :
Un moment, suivez-moi le long du corridor
Aux peintures d'azur, aux arabesques d'or,
Jusques là-bas au fond des riches galeries
Qui forment le contour des vieilles Tuileries.
Entrez au Cabinet... Vous payez assez cher!
Les voyez-vous grouppis, autour du tapis vert,
Ces huit hommes de bout avec leurs fronts sinistres
A d'autres maintenant!... j'irai dans leur égoût
Remuer à deux mains Thiers, Humann et d'Argout....
Ces croquis dont mon cadre étreindrait la série
Viendront orner les pans d'une autre GALERIE.

J.-F. Destigny.

Cette Satyre politique, paraissant tous les dimanches par livraison d'une feuille in-4°, formera à la fin de l'année un volume complet de 52 feuilles.

PRIX DE LA SOUSCRIPTION:

Pour les 52 livraisons. . . . . 40 fr.   Pour   13   id.   10
Pour   26   id.   20   Et 2 fr. de plus pour les départemens.

ON SOUSCRIT :

Chez PAULIN, libraire-éditeur, place de la Bourse; au CERCLE LITTÉRAIRE, boulevart Bonne-Nouvelle; et chez l'AUTEUR, passage du Saumon, maison n° VI, hôtel des Étrangers.
On trouve *la Barthélemiade* chez PAULIN et chez tous les libraires du Palais-Royal. Prix : 1 fr. 50 cent.

PARIS. — IMPRIMERIE DE AUGUSTE MIE, RUE JOQUELET, N° 9, PLACE DE LA BOURSE.

DOUZIÈME LIVRAISON.   DIMANCHE, 10 FÉVRIER 1833.

NÉMÉSIS

INCORRUPTIBLE,

Par J.-F. Destigny de Caen,

AUTEUR DE LA BARTHELEMIADE.

ARMAND CARREL.

Quand le Peuple frappa d'un éclat de sa foudre
Le droit divin assis sur un volcan de poudre,
Tout *carliste* entendit, grelottant de frayeur,
Le canon qui tonnait le glas du Giboyeur;
Il vit, et huit grands jours, la Cour de l'esclavage
Traîner un convoi lent de Paris au rivage,
Et le flot, déchiré d'un pénible sillon,
Emporter de ses *lys* le dernier pavillon,
Sans qu'un seul bras à nerfs dégainât une épée,
Sans que du roi vomi la couronne échappée

Rencontrât dans sa chute un de ces courtisans
Que dans nos flancs ouverts il abreuvr quinze ans !
La peur avait glacé tout le sang de leurs veines,
Et quand le Bas-Breton, baptisé de neuvaines,
Fit tomber de son front à ses lombes étroits
Du manche d'un poignard un long signe de croix,
Puis gorgea de trépas leur Chaste Caroline,
A-t-on vu, replantant sa percale orpheline,
Ces Judas du malheur, ces gouffres à bienfaits,
Epargner au proscrit un bandeau de forfaits
En brûlant pour encens leur cartouche à l'idole?
Non; ce lâche ramas de marins à gondole,
Vils écumeurs d'un lac paisible et transparent,
N'ont jamais su ramer sous l'assaut du torrent;
Non; car ces chérubins, au couleur de madame,
Ont dans un sein velu des entrailles de femme!...

Si leur frac a parfois profané le ruban,
C'est le cachet qni marque un esclave à l'encan;
Jamais ils n'obtiendront qu'un Peuple libre estime
La guirlande de mort au front de la victime.
Eh! quand on a tant vu de poitrine sans cœur
Etaler un cordon dédaigné de vainqueurs;
Quand, étoiles de gloire à l'aigle suspendues,
Les croix ont *giboulé* pour tant d'ames vendues,
Où chercher le courage? étouffé d'arlequins;
Partout on sent du doigt l'osier des mannequins.

Pour connaître à la croix une ame lâche ou forte
L'honneur doit l'arracher quand le forçat la porte!

Eh! bien, ces hommes creux, taches du nom Français,
Ces squeletees de Cour broyés dans vingt etsais,
Gens à crâne plus plat que tout un Ministère,
S'intitulent bretteurs de *l'enfant du mystère!*
Le corps matelassé des cent plis d'un pourpoint,
Ils vont, douze contre un, et la *vaillante* au poingt,
Convoiter le sein nu de qui n'a que sa plume!
Ah! vous l'avez voulu : que le feu se rallume
Plus ronflant *sur le pré* qu'avx antres de Vulcain,
On verra qui de vous ou du Républicain
A du sang pour l'éteindre! on saura ce que pèse
Un vieux glaive ébrèché par l'an quatre-vingt treize,
Et dont la garde, au jour du *Grand Trocadéro*,
Rompit sans arracher sa lame du fourreau,
Un fer rouillé d'opprobre, ou le plomb fratricide,
Qbi cribla, sans vengeance, un des rivaux d'Alcide,
Le centre des vertus, j'ri dit : MARÉCHAL NEY!...
Mais, flasques au tocsin que long-temps je prônai,
Nos soldats de carton, détrempés sous l'orage,
N'ont appris qu'à s'enfuir en nous crachant l'outrage ;
Et ei jamais, contraints par la nécessité :
Voes tombez face à face avec la Liberté,
Vos reins en garderont la formidable empreinte ;
Car l'amazone étouffe à la première étreinte!

Nous ramassons le gant: allons, prenez du moins
La France pour champ clos et l'Europe à témoins!..
Eh! quoi, vous reculez? n'auriezévous donc en somme
Que douze spadassins qui méritent nom d'homme?
Est-ce l'anneau de chair dont le sceptre cassé
Veut joindre l'avenir aux débris du passé?...
Mais le Peuple s'ébranle, il fait craquer sa base,
Arrière, mirmidons, son orteil vous écrase!...

Cet orgueuilleux défii du *carlisme* impudent
Qui vint froisser au cœur tout patriote ardent,
D'un ennemi lapon trahit l'extravagance:
C'est vrai; mais a-t-on pu pardonner l'arrogance
Au plus nain das partis ('moins le Carlo-Milieu'),
Quand, moustique importun *de la grâce de Dieu*,
L'insecte bourdonnant ose écorcher l'oreille,
Attiser la fureur du lion qu'il réveille?
Malhour au téméraire! il cherchait le trépas,
CARREL jette sa plume; il ne l'attendra pas?
Grands dieux! ARMAND CARREL ouvrirait sa poitrine
Au sacrilége acier que trempa la *Doctrine!* (1)
Arrête, monstre avide! Arrête, malheureux!
Ses flancs ont pour ta main un sang trop généreux...
Qui de nos bras de fils peut arracher un père?...
As-tu soif de carnage, exécrable vipère?

(1) Il est incontestable que l'absurde faiblesse de nos *très-puissans* soit la cause et l'aliment de toutes les fanfaronnades d'un parti qui sont lui-même sa nullité absolue. Si les lois avaient dans *l'auguste nièce* frappé le crime *quoique Bourbon*, jamais Carliste n'aurait osé lever la tête.

Tiens, bois , voilà nos seins, ils sont aussi brûlans.
C'est à nous d'abreuver tes poumons insolens!
A nous qui, France en herbe et de gloire affamée,
Contaminons d'oubli des jours sans renommée!
C'est, pour la République, à moi qui te poursuis,
A moi RÉPUBLICAIN ! Eh ! bien , oui, je le suis!
Pour étancher l'ardeur que la vengeance altère
Viens sucer, si tu peux, tout mon sang à l'artère :
Frappe, frappe partout; mais respecte CARREL !!!...

Né dans nos rangs de peuple, un penchant naturel,
A travers les dangers dont la vertu fourmille,
Enchaîna tous ses verroux à la Grande-Famille.
Saint-Cyr garde toujours son nom avec fierté,
Car son premier essor fut pour la LIBERTÉ!
Car à peine des camps franchissant la barrière
Eût-il du vieil honneur entâmé la carrière,
Que, pour l'indépendance, au foyer de Belfort
Il tenta contre un *Thiers* (1) un généreux effort.
Quand la vague eût brisé cette barque légère,
Il exila son corps sur la plage étrangère;
En espagne : et son cœur, fidèle au drapeau saint

(1) Ce Thiers, frère du ministre, était un des plus chauds liberticides envoyés pour étouffer la conspiration de Bellefort. On sait que des moyens atroces furent employés dans cette déplorable circonstance; et c'est sans doute ce qui, depuis *l'accident* de Juillet, a valu à notre vandale un si rapide avancement dans l'armée.

Ces messieurs ont encore un frère qui, naguère mauvais barbouilleur et maintenant assez haut placé dans les finances, a été coulé sur leur modèle. Aussi dirais-je en bon normand : *C'est tout au plus si les trois Thiers valent un honnête entier.*

Qu'un souffle de cosaque avait, hélas! déteint,
Battit toujours brûlant au nom de sa patrie;
Quand enfin le *vainqueur* de la grande Hespérie,
D'Angoulême, traînait au secours des *puissans*
Sur un sol indigné ses canons innocens,
Lui, fléau du despote ébranlé sous ses laves,
Mordait comme la lime à l'écrou des esclaves,
Puis, deux fois sous la mort, ce pilier de nos droits
Survit, pour nous venger, à l'appétit des rois.
Voilà cet homme ardent qui vient jetter sa vie,
Comme un flocon de chair, à ta rage assouvie :
Arrête!... l'acier nu scintille dans les airs
Et par l'acier heurté fait jaillir des éclairs,...
Le sol gémit des coups d'une plante affermie,
L'œil est fixé sur l'œil, et la pointe ennemie
Sur le sein dépouillé tâte un point découvert,
Il presse, frappe, enfonce, et du passage ouvert
Le sang part comme un trait et c'est ARMAND qui tombe!...

Il faut à sa vengeance une immense hécatombe!
Un *carliste* est un homme, et lui c'est un géant;
Qui du front touche au ciel et des pieds au néant :
C'est tout or épuré, c'est une âme sans moule,
Un vaste météore adoré par la foule
Qui pompe les rayons de sa mâle clarté;
C'est ton astre qui file, auguste Liberté!
Dieux! il respire encore! et l'azur de la plaine

Balance du blessé l'inperceptible haleine !
Un mot s'échappe lent de ses poumons de feu !
Dans un dernier soupir est-ce un dernier adieu !....
Non !!! il parle, silence ! « Épargnez LABORIE,
C'est un brave, épargnez, un mourant vous en prie ! »
Et sa tête s'incline.... Et de vives douleurs
De ses yeux presque éteints ont arraché des pleurs....
Ah ! tu ne mourras point „j'en carresse l'oracle :
Pour tes vertus les cieux ont dû faire un miracle !
Nul dans ces flancs de pourpre où le fer s'est plongé !
N'ira puiser ton sang ; car l'honneur est vengé !

Quoi ! le crime dans l'ombre élargit sa ceinture !...
Eh ! trève de jactance ! elle est contre nature.
Dût-on vider enfin ces révoltans débats
En fermant de boulets l'arène des combats,
Il faut trancher le nœud !... S'il plaît à l'adversaire
De jetter cent grappins sur le pont du CORSAIRE,
Devra-t il donc cent fois prêter flanc à l'assaut ?
Que n'es-tu Briacée, intrépide BRIFFAUT,
Pour dépenser des bras !... mais ta feuille en vedette
A su répondre : *France !* elle a payé sa dette.

Le temps saura fouiller ce mystère profond,
Où le scapel en main, Orfila se morfond ;

Arrière, vieux *Système*, à face décrépie !

Ne nous infecte plus de ce tact de harpie

Qui souille dans les flancs tout sentiment d'honneur ;

Si le carlo-sectaire a pu croire au bonheur

De cacher son affront aux regards de la France,

Si le terme assigné d'*heureuse délivrance*,

Arrive sans témoins, tombe à si petit bruit

Qu'on ne puisse juger l'arbre royal au fruit,

Du moins, sur mille échos, le mot de République

Aura glissé plus doux que le concert magique

Où notre âme s'épanche à ses premiers transports

Et dans plus d'un sein vide éveillant des remords,

Contraint la voix soumise à son puissant empire

A crier : « *La meilleure est aujourd'hui la pire.* »

J.-F. Destigny.

Cette Satyre politique, paraissant tous les dimanches par livraison d'une feuille in-4°, formera à la fin de l'année un volume complet de 52 feuilles.

PRIX DE LA SOUSCRIPTION :

Pour les 52 livraisons. . . . . 40 fr.   Pour   13   id. 10
Pour   26   id. 20   Et 2 fr. de plus pour les départemens.

ON SOUSCRIT :

Chez PAULIN, libraire-éditeur, place de la Bourse ; au CERCLE LITTÉRAIRE, boulevart Bonne-Nouvelle, et chez l'AUTEUR, passage du Saumon, maison n° VI, hôtel des Étrangers.

On trouve *la Barthélemiade* chez PAULIN et chez tous les libraires du Palais-Royal. Prix : 1 fr. 50 cent.

PARIS. — IMPRIMERIE DE AUGUSTE MIE, RUE JOQUELET, N° 9, PLACE DE LA BOURSE.

NÉMÉSIS

INCORRUPTIBLE.

Par J.-F. Destigny de Caen,

AUTEUR DE LA BARTHELEMIADE.

MASCARADE POLITIQUE.

Quand, abdiquant sa gloire et ses bonds d'énergie,
La grande cité court dans les flots d'une orgie,
Ne respirant que feu de ses poumons ardens,
Cheveux collés de vin, lambeaux de chair aux dents,
Comme un ogre qui roule étranglé de pâture;
Quand, d'un masque profane outrageant la nature
Si riche dans ses goûts, si prodigue d'attraits,
La beauté sous *l'horrible* emprisonne ses traits;

Quand enfin tout Paris n'est qu'un ramas difforme,
Un immense arlequin où tout prête sa forme,
Un cloaque d'opprobre, un sacrilége étal....
C'est là la foule sans frein, un jour de *Carnaval.*
Danse, Peuple, c'est bien! tandis que tu folâtres,
A l'autel du Pouvoir des bandes idolâtres
Vont, chariant tout l'or de nos départemens,
Hypothéquer l'honneur trahi dans leurs sermens.
Voir le Palais-Bourbon, ce gigantesque ventre,
A plein portique, enflé des mannequins du Centre;
C'est là que le *Système* abâtardit nos lois.
Si tu veux balancer le mérite aux exploitts,
Avance, ne crains pas qu'un bres d'huissier t'écarte:
Nul aussi cher que toi n'a su payer sa carte,
Prolélaire de bronze, impassible vieillard;
Car l'impôt laisse à peine aux frais de corbillard
Quand l'âge frappe enfin le **coup** qui te prosterne.
Viens, gravis, si tu peux, le sinaï moderne,
Et touche le buisson que ta crédulité
Vit embrasé long-temps d'un feu de Liberté :
C'est un foyer de glace où la flamme est éteinte.
Arpente par gradins la circulaire enceinte,
Et moi, le bras armé de mille nœuds flottans,
Je vais tâter le front de tes représentans;
Marchons droit au bureau! voilà ton avant-garde:
Le rideau se déchire, allons, Peuple, regarde:

Ce *loustix*, à sein froid, paillasse de tréteaux,
Qui jette nos débats à l'essai des plateaux,
Soulève du budjet la traînante balance,
Et farcit de *bons mots* l'ironique insolence,
Bizarre président que le grand Dépaveur
A flétri pour jamais du surnom de *Sauveur*,
C'est l'être indéfini, sans cœur dans la poitrine,
L'ambition esclave aux pieds de la *Doctrine*,
Le bateleur Dupin, tout palpitant d'orgueil,
Qui rêve un ministère au coussin du Fauteuil.
Ses éternels discours, épicés d'arguties,
N'ont du fond décharné, sous des phrases transies,
Qu'un égoïsme aride à toutes nos douleurs;
C'est l'acide mordant qui, pour sécher des pleurs,
S'attaque à l'œil, entâme et ronge la paupière.
Jamais plainte n'émeut ses entrailles de pierre.
Que le tyran du Nord, les poings rouges de sang,
Se vautre dans l'horreur du carnage récent
Où le crime a plongé la Pologne asservie,
Le pasquin n'aura pas un mot pour Varsovie!
Que, la Romagne en feu, Torrisas égorgé,
L'Italien succombe à l'hydre du clergé,
Ses cris à mille échos qui vibrent dans l'espace,
N'ont pour l'ingrat Dupin qu'un son vide qui passe.
Eh! bien plus, quand il vit des sicaires français
Rengaîner le fer teint du meurtre lyonnais,
Il vomit sur les morts sa froide raillerie,

Il insulta, le monstre, au deuil de la patrie!

Vois, dans ce coin poudreux ce tigre de parquet,
C'est le dieu des forçats de la meute Gisquet,
Un vieux vautour fait homme, un vrai fléau de presse;
Il ne vit que d'émeute et l'échafaud l'engraisse
Entre le *Carlo-lâche* et le Républicain:
Son œil a l'appétit du sauvage africain
Qui boit au poitrail chaud d'une biche abattue...
C'est PERSIL dont le souffle est un poison qui tue;
Le vorace Persil, chimiste de brocards,
Qui tamise les mots, pressure les placards,
Et d'une griffe habile à tordre la satire
Nous fait suer le fiel sous le feu du martyre.
Exécrable pour tous, et sur tous acharné,
C'est du mortier-samson le pilon incarné.

Cet autre, c'est LOBAU, valet à révérence,
Commandant, renégat et maréchal de France,
Qui trouva son bâton sous le jet d'un clysoir,
A la place Vendôme.... On dit qu'il vint s'asseoir
Au canon des Trois Jours, sous le flot populaire;
Mais, pour tondre en cumul son *quadruple* salaire,
Il a tout renié, courage, force, honneur:
Aussi, chantre, bedeau, sacristain et sonneur,
C'est la *nécessité* de la grande chapelle.

Ce barde rayonnant dont le faucet t'appelle
A courtiser sa greffe à la souche des rois,
Fils des *Benenati*, dépouillé de ses droits,
Jadis tombé du pic au fond de la vallée
C'est l'aigle VIENNET qui darde sa volée
Au sommet du Parnasse, et du Parnasse aux cieux !!!
L'Épitre est le nectar dont il soûle ses Dieux,
Et son Achille un nain qui siége au Capitole;
C'est dire que l'encens est digne de l'idole.
Mais l'apollon moderne est un plat courtisan
Qui soutire au bubjet le suc de l'artisan,
Et refoule au sillon la Liberté glaneuse.

Ce grand corps effilé d'où la voix caverneuse
Apporte par accès une phrse en lambeaux,
Est un homme à fouiller la cendre des tombeaux
Pour saisir et cracher un secret à la foule,
Un vieux tonneau percé dont tout le vin s'écoule,
Un claqueur du système, insensible au bâton,
Qui n'a de volonté, de mouvement, de ton,
Qu'autant que le Pouvoir a monté la machine;
C'est MONTJAN, qui prétend qu'on doit tendre l'échine
Au gourdin contondant d'un assommeur gagé;
Montjan qui tourne au vent quand le vent est cgangé.

Qui le suit? Approchez, vainqueurs de la Bastille,
C'est GAETAN! le feu dans mes veines pétille

Au seul nom du Judas qui salit vos lauriers,
Cet insolent Marquis, aux Mânes roturiers,
Que notre Panthéon a reçus de l'orage,
Jusque dans le sénat vint prodiguer l'outrage,
Quand modeste orgueilleux il dédaigna l'airain,
Que, transporté d'amour, le Peuple-souverain
Avait marqué du doigt au beau nom de son père.

Encore un renégat! à sa trogne prospère,
Aux sarcasmes pesans qu'il jette radieux
En criant : *Enfoncés!* au gros feu de ses yeux,
Schonen trahit déjà sa burlesque personne.
Dans les bruyans ébats d'une ivresse bouffonne,
Il est, comme Dupin, ridicule et moqueur;
Il ronge, comme lui, le butin du vainqueur,
Et, sans de nul projet écarter le mystère,
Prête un vote constant à ce bon ministère.

Eh! ce n'est rien encore un bloc de *chair et d'or*
Envahit la tribune! On tourne en vain le dos,
Mahul parle, on éclate, et la grave assemblée
Se roule sur les bancs.... pitoyable mêlée!
Sont-ce là, dites-moi, ces grands législateurs,
Epurés au creuset de cent mille électeurs,
Et dans ce long fracas qu'excite sa présence
Mahul se croirait-il un foudre d'éloquence?..

Que ne descend-il donc? Pourquoi perdre le temps?
Si le pays ouvrait la porte à deux battans,
Où vous cacheriez-vous, insoucians pygmées?

Tous ces pilotes mous, poitrines affamées,
Avant qu'on détachât leur amare du port,
Ont-ils assez pour nous exalté leur transport!
Maintenant voyez-les! TARDIF le patriote
Grossit depuis un an la tourbe ircariote
Il est à l'ennemi tout acquis désormais;
Sa belle ardeur est morte, et morte pour jamais.
C'est un tronc desséché qui repousse la sève.
Quand à LECREPS, c'est bien que son règne s'achève!
On n'a rien espéré du candidat flottant;
Il n'avait, on le sait, rien promis en partant;
Mais alors eût-on pu s'arrêter à l'idée
Qu'il deviendrait l'appui des brigands de Vendée,
Et qu'aveugle encaissé dans le creux des chemins
Il irait au budget porter à pleines mains?
Non, le traître a deux fois sali son caractère,
Il a deux fois traîné l'honneur du mandataire,
Comme un sale haillon dans la fange des cours !...

Eh! bien, Peuple, crois donc à tous ces vains discours,
Qu'un Éligible sème aux portes du collége:
Il va tailler l'impôt, saper le privilège,

Former les fonds secrets à l'égout des journaux,
Obtenir un barrage, un port et des canaux !
Tu les as vu ces nains, grands de toute leur taille,
S'arracher les poumons sur le champ de bataille,
Pour un seul geste, un mot d'intérêt personnel ;
Et leurs cœurs sont de glace aux débats solennels
D'où jaillira pour tous la faim ou l'abondance,
L'esclavage, la mort ou notre indépendance !
Arrachez-vous enfin des langes du pouvoir !
S'il ne nous reste rien qui vous puisse émouvoir
Sortez, au moins pour vous, d'une infâme apathie
Où le froid égoïsme éteint la sympathie
Et nourrit dans les seins un marasme de mort :
Allons faites, de grâce, un généreux effort !
Quoi ! ces hommes ardens qui frappent sans relâche
Sur vos flancs paresseux, n'ont-ils donc pris à tâche
Que de poursuivre en tout de vagues intérêts ?
Oh ! non, voyez là-bas, que de triomphes prêts !
C'est le soleil qui point dans les bras de l'aurore !
Députés, levez-vous, il en est temps encore !

J.-F. Destigny.

Cette Satyre politique, paraissant tous les dimanches par livraison d'une feuille
in-4°, formera à la fin de l'année un volume complet de 52 feuilles.

PRIX DE LA SOUSCRIPTION :

Pour les 52 livraisons. . . . . 40 fr.   Pour   13   id. 10
Pour   26   id. 20   Et 2 fr. de plus pour les départemens.

ON SOUSCRIT :

Chez PAULIN, libraire-éditeur, place de la Bourse ; au CERCLE LITTÉRAIRE,
    boulevart Bonne-Nouvelle ; et chez l'AUTEUR, passage du Saumon,
    maison n° VI, hôtel des Étrangers.

    MM. les Souscripteurs dont l'abonnement est expiré, sont priés de le renou-
veler avant la fin de la semaine, s'ils ne veulent pas éprouver de retard dans
l'envoi de la prochaine livraison.

PARIS. — IMPRIMERIE DE AUGUSTE MIE, RUE JOQUELET, N° 9, PLACE DE LA BOURSE.

NÉMÉSIS

INCORRUPTIBLE.

Par J.-F. Destigny, de Caen,

AUTEUR DE LA BARTHÉLÉMIADE.

RÊVE POLITIQUE.

Mon âme était de feu!.. soit amour, soit délire,
Une ivresse de verve avait monté ma Lire ;
J'étais tout à l'essor d'un vol audacieux!...
Ce moi n'était plus moi, c'était Icare aux Cieux!...
Oh? Liberté de France, avorton éphémère,
Que ne m'est-il permis de peindre ici ta Mère!
J'ai vu.... car, enlevé sur l'aîle des transports,
Loin du tertre où l'oubli se repaît de tes morts,
Du velours où le Temps couve la servitude,
Loin de ce Palais-gouffre où dort l'Ingratitude,
Mon esprit n'était plus sous la griffe des Rois,
J'ai vu le pays fort où le faible a ses droits!

C'est là, qu'un poing armé des débris de sa chaîne,
Le PEUPLE règne assis sur un trône de chêne.
Son Louvre, sans fossés, ouvert de toute part,
Pour garde a le Respect et l'Honneur pour rempart.....
Sa couronne est le ciel, son grand sceptre la foudre,
Son moindre vœu l'éclair qui tombe sur la poudre :
L'orgueil rampe à ses pieds sans titres ni cordon ;
Il ne jette au flatteur que mépris et pardon,
Car sa Cour est l'autel dont le Mérite est prêtre.
Esclave du serment, il repousse le traître
Qui courbe à la Fortune un front déshonoré :
Sa promesse est de fer quand ce *Prince* a juré.....

Son nom seul est garant d'une Liberté forte;
Aussi partout des cœurs l'impénétrable escorte
Détourne de son sein le poignard des tyrans.
Il n'usurpe jamais l'éclat des conquérans,
Et, pour se pavaner devant des valetailles,
L'inévitable nom de *ses grandes* batailles
Ne vient pas sur sa lèvre éclore à tout propos.....
Économe sévère, au torrent des impôts,
Pour gorger tour-à-tour et Fils et Fille et Gendre,
On n'a point vu ce roi puiser en vil *Cassandre*
L'or qui coule des bras du Peuple travailleur.
C'est le Républicain, l'homme vrai, le *Meilleur,*
Qui, *choisi par la Foule*, ami du prolétaire,
Ouvre son coffre aux arts que la disette altère ;

Qui, riche du bonheur des heureux qu'il a faits,
Est avare de croix, prodigue de bienfaits,
Et concentre l'effort de sa toute-puissance
A n'entasser pour lui que la reconnaissance....

Épurés comme l'or dans le creuset du temps,
Le budjet n'enfle pas de frélons impotens
Qui nous sucent aux os la chaleur et la vie,
De valets à scrutin, ni de bande asservie
Qui s'ameute au signal et croasse des mots
Aussi creux que les cris de quatre cents marmots
Qu'on voit à flots étreints dégorger d'un collége.
Il écrase du pied la plume sacrilége
Dès qu'un vil apostat la trempe aux Fonds secrets.
Ponr aduler le crime et ses lâches décrels....
Si le ministre, auteur d'une perfide atteinte,
Forgeait dans le sénat des baillons à la plainte,
Il tomberait alors sanglant et garotté,
Plutôt que de forfaire au Poste-Vérité;
Car la Charte, il le sait, est le pivot du trône.
Si jamais furibond sous le clinquant d'un prône
Insulte au drapeau saint qui porte l'avenir
D'un peuple habile à vaincre et trop lent à punir,
Il sait lui commander, d'une ordonnance expresse,
Un éternel respect à l'état qui l'engraisse;
Sans quêter aux bigots de fanatiques vœux,
Et, serrant la discorde entre ses bras nerveux,

Étouffer dans le germe une guerre civile.
Invulnérable aux coups de l'instrument servile
Armé pour le retour d'un proscrit impuissant,
Il l'enchaîne d'un mot, sans le rougir de sang.

Quand impassible au glas d'un frère qui succombe
L'Europe au fossoyeur aide à creuser sa tombe,
Plus juste que le Sort il ne le trahit pas,
Il jure d'arracher ses lambeaux au trépas;
Et, quand l'écueil du Csar a vu contre sa pointe
Un ouragan briser la Pologne disjointe,
Il dispute à la mer ses naufragés meurtris,
Protège le vaisseau dans ses nobles débris,
Et, plein de souvenirs, le radoube au rivage....
Loin d'être le suppôt d'un ignoble esclavage
Il va rompre les fers des modernes Romains
Ou, poussant le grand char dans les âpres chemins
Des rives de la Seine à la source du Tibre,
Apprendre à cent échos les chants d'un Peuple libre.
Si, la balance au doigt, il voit dans un bassin
L'Anglais jeter son gant à l'appel du tocsin,
Son courage fougueux sait répondre : Victoire !
Il n'est point à genoux à déchirer l'histoire
Où l'acier d'un autre âge a gravé des exploits,
Mais fier de tant d'ayeux et vengeur de ses lois
Il glane dans le champ où moissonnait son père....
Que l'Étranger jaloux de son destin prospère

Ose un jour du regard profaner ses Couleurs,
Il saura dans le sang éteindre des douleurs
Que l'opprobre aiguisa pour quinze ans d'agonie,
Et rendre l'auréole à sa gloire ternie....

La plaine de Neptune ouvre un large sillon
Aux vaisseaux ombragés du triple pavillon,
Qui sème de ses plis une gloire immortelle,
Et le vaste Océan, soumis à sa tutelle,
Berce à docile flot son pont aux flancs d'airain,
Que l'Angleterre voit voguer en souverain
Sur tout l'immense abime où se baignent les mondes.
Il tient en main la terre et le trident des ondes....

Mais, si nous pétrissant la pâte à Magestés,
Il eût, comme un banquier, plâtré des royautés,
On aurait, hélas! vu son limon à chef-d'œuvre
Se changer dans le moule en sordide Manœuvre;
Puis, pour ouvrir aux Grecs un crédit pour Othon,
Et doter Léopold, on tondrait le Mouton...!
Trop heureux le martyr tant que la peau lui reste!
Car on ne vit jamais de rougeur plus funeste,
Que l'avide Harpagon, ce Carybde à lingots,
Reptible de butin et patron des cagots,
Qui jusques dans les seins dévore les entrailles,...

Le grand Peuple n'eût pas un jour de Funérailles,
Pour éviter des rois l'inévitable écueil,
Sabré Paris entier pleurant sur un cercueil;
Si le deuil eut des torts, il sait que la clémence
Est d'un cœur généreux, la plus belle vengeance,
Et quelque fût le crime il aurait pardonné.
Écrasant le brandon qu'un Quélen mutiné
Promène sourdement sur Clichy-la-Garenne,
A tout honteux scandale il eût fermé l'arène,
Et, laissant à Dieu seul le choix de leurs accens,
Protégé de chacun la prière et l'encens.

Il ne s'est point vautré dans l'égoût d'un *Système*
Exécré de la France et flétri d'anathème,
Il n'a pas entraîné de travers en travers
Nos fils à l'abattoir sous les crénaux d'Anvers
Pour les y voir bouillans d'une valeur magique,
Rouler sous les boulets, au nom de la Belgique....
Non; avare du sang de ces mâles guerriers
Qu'on vit sous le canon arracher des lauriers
Aux temps de la splendeur du drapeau tricolore,
Il garde ces héros que *Juillet* fit éclore,
Car demain un cri peut réveiller des combats;
Eh! qu'importent d'ailleurs ces futiles débats
Où le tyran du Nord attise la Hollande?
Attendons l'arme au bras que le pays commande.

Au grand cartel alors, affrontant les dangers,
Tout Français jettera sa dette aux Étrangers,
Oui, sa dette d'horreur, d'opprobre, de carnage;
Dont Bourmont-le-Judas a grévé le courage
Aux champs de Waterloo; sa vengeance de fer
Pour ces atrocités dont Hudson a couvert,
Dans son exil de mort L'HOMME de Sainte-Hélène!
Mais le vengeur attend; il va reprendre haleine;
Tremper dans le repos son large coutelas,
Pour asséner d'un coup tout le poids de son bras...

Ce Peuple, enfin, ce Peuple, à voix rauque et tonnante,
Imprime au front des rois un cachet d'épouvante,
On voit les nerfs tremblans grelotter sous leurs chairs,
Quand il brandit contre eux son glaive dans les airs.
La Liberté le sait, les pieds dans la poussière,
Un sein demi-couvert d'une bure grossière
Qui pend d'un nœud de chanvre et flotte au gré des vents,
Le teint brun, l'œil en feu sous des sourcils mouvans,
Et sur des cheveux noirs le bonnet de Phrygie.
Son bras rude et nerveux serre avec énergie
Un bois de lance armé de son horrible dard;
Puis, sous les plis flottans, de son vaste étendard
Les membres enlacés sua sa poitrine ardente,
Se groupent tous les fils de la Vierge prudente...

Ah ! s'il m'était donné de crayonner les traits
De la grande amazône ! à ses mâles attraits
Tont un fleuve de feu dans notre âme agrandie !
Roulerait bouillonnant comme un feu d'incendie....
Il nous ferait encore renaître au vieil honneur !...
Vain espoir ! tout a fui... je revois le bonheur.

J.-F. Destigny.

Cette Satyre politique, paraissant tous les dimanches par livraison d'une feuille
in-4, formera à la fin de l'année un volume complet de 52 feuilles.

PRIX DE LA SOUSCRIPTION :

Pour les 52 livraisons......... 40 fr.   Pour   13   id............. 10
Pour   26   id............. 20   Et 2 fr. de plus pour les départemens.

ON SOUSCRIT :

Chez PAULIN, libraire-éditeur, place de la Bourse ; au CERCLE LITTÉRAIRE,
boulevart Bonne-Nouvelle, et chez l'AUTEUR, passage du Saumon,
maison n° VI, hôtel des Étrangers.

On trouve *la Barthélemiade* chez PAULIN et chez tous les libraires du
Palais-Royal. Prix : 1 fr. 50 cent.

MM. les Souscripteurs dont l'abonnement est expiré, sont priés de le renou-
veler avant la fin de la semaine, s'ils ne veulent pas éprouver de retard dans
l'envoi de la prochaine livraison.

PARIS. — IMPRIMERIE DE AUGUSTE MIE, RUE JOQUELET, N° 9, PLACE DE LA BOURSE.

NÉMÉSIS

INCORRUPTIBLE.

Par J.-F. Destigny, de Caen,

AUTEUR DE LA BARTHELEMIADE.

UN BAL DE PATRIOTES

ET LE BAL DES TUILERIES.

> Peuples formez une sainte-alliance
> Et donnez-vous la main.
> BÉRANGER.

La mer que nous fendons est grossie de tempêtes,
Mais pour les matelots Dieu fit des jours de fêtes;
Des jours où la Vertu, si riche de transports,
Épanche de sa coupe un plaisir sans remords;
Jours où le souvenir, quand l'âme se réveille,
File un lendemain beau des bienfaits de la veille;
Jours enfin où la France ardente au vieil honneur
Savoure goutte à goutte un torrent de bonheur!

Allégresse de Peuple, océan d'ambroisie,
Prête à ma faible voix tes flots de poésie
Pour moduler des chants pleins de ta volupté,
Des chants dignes de toi, des chants de Liberté!
Verse un fleuve d'amour : que ma Muse en délire
Ait des doigts tous de feu pour effleurer ma Lire,
Et si l'on n'a qu'aux cieux de célestes concerts,
Fais-moi franchir pour toi l'immensité des airs!

Du fond des noirs cachots où la Victime sainte
A vu tomber ses fils, de cette vaste enceinte
Où la Police étreint la foule des Vainqeurs,
Un cri perçant s'élance, égratigne les cœurs
Et transforme en échos leurs fibres palpitantes.
A l'appel du clairon, arrachés de leurs tentes,
Moins prompts sont nos guerriers à voler au trépas,
Que Paris à répondre : il arrive d'un pas.
Ce n'est plus ce géant, au sanglant cimeterre,
Qui d'un coup de talon eût fait crouler la Terre,
Alors que du parjure il crut venger nos droits
En passant au mortier le *dernier de ses rois;*
Ce n'est plus ce vengeur qui, quand il prend sa foudre,
Demande avec dédain s'il n'a qu'un trône à moudre;
Ce Paris débordé, frémissant de courroux,
Qui rompt herses de fer, gonds d'airain et verroux;
Qui sait, le poing armé d'un vieux jong qu'il tortille,
Déraciner du sol les tours de la Bastille :

Ce fort au flancs de chair, de mitrailles lavés,
D'où vomissant *trois jours* sa grêle de pavés,
La Vengeance aux bourreaux arrache la victoire.
Non; car son bras accorde un trêve à l'Histoire.
C'est un Peuple qui court, dans son magique essor,
Fondre au creuset d'un bal une *trénir* en or,
Pour, si non par le glaive du moins par son ivresse,
Aider le Patriote à vaincre la détresse
Où l'a plongé l'ingrat qui ronge ses lambeau.
Le plus grand des Patrons à la croix des tombeaux,
Le vit en Juillet seul appendre sa guirlandre :
Aux mânes de la gloire il porta pour offrande
Un tribut de regrets, sa prière et des fleurs;
Et maintenant il vient, l'œil déséché de pleurs,
Faire de sa gaîté le baume du martyre.
Cherchez cet abandon, quand l'égoïsme attire
Un tronpeau de valets au ratelier de cour;
Tous ces flatteurs, échos de serviles discours,
Qui lèchent aux genoux une idole encensée,
N'ont jamais de leur crâne enfanté la pensée :
Les hommes chamarrés sont des pantins mouvans
Et leur sein l'airain creux qui jette un son aux vents,
C'est aux cœurs embrasés d'une flamme électrique,
A l'âme qui grandit au mot de République,
A ces robustes fronts sillonnés de boulets
Que le plaisir est doux; mais aux vains roilelets
D'un *Système* abruti qu'on méprise et tolère,
Mais aux lapons brodés qu'en un jour de colère,

Une femme, du pied, sait broyer comme un grain,
Le plus frêle bonheur détrempé de chagrin
Est un rêve qui coûte un siècle d'amertume :
Le flambeau de leurs ans ne brille pas, il fume.

Eh! bien, sectaire aveugle, apôtre inconséquent,
As-tu vu d'assez près la feuille du clinquant
Prêter son rayon pâle au potin de couronne?
Qui du nain qui la porte ou du Dieu qui la donne
A droit de voir l'encens pétiller sur l'autel?
Un roi tombe et se brise, un Peuple est immortel?
Pénètre du regard les flots d'une assemblée
Qu'un bouillant prolétaire improvise d'emblée
Pour alléger les fers de nos grands dépaveurs :
Vois-tu le courtisan, altéré de fureurs,
Devant un mannequin de Majesté grossière,
Traîner, pour un cordon, le nez dans la poussière?
Non; l'œil admirateur s'y peint à larges traits,
Tout un printemps de siècle orné de ses attraits,
Une jeunesse mâle, à poitrine sonore
Où scintille l'étoile au ruban bicolore,
De vieux Républicains, portant avec fierté
Le sabre qui courba plus d'une royauté :
Des tuteurs de la France, et l'HOMME aux mains fécondes
Que le ciel baptisa *Rédempteur des deux Mondes*;
Puis, des femmes!...oh! non; c'est un songe, une erreur!
Leur beauté m'apparaît sous un prisme trompeur;

Ce ne peut être, hélas ! qu'une aimable chimère....
Des femmes, Dieu d'Amour, plus belles que ta mère !

Tout est grand dans le Peuple, et tout rampe au Château ;
Descendons à la cour : j'ai vu sous le manteau
D'*augustes* parvenus, suant l'hypocrisie
Tant que de nos vengeurs la main resta saisie
Du timon que tordit l'ouragan des Trois-Jours,
Mais, qui sort de la fange y retombe toujours,
À peine ces Judas ont-ils brisé leur Maître,
Qu'ils le livrent sanglant à Persil le grand-prêtre :
Quand il râle au Prétoire, ils rongent ses deniers ;
Le brave est au sillon, les lâches aux greniers.

On danse : Le Palais est l'astre des bougies !
Eh ! bien, sondons les flancs dans l'égoût des orgies.
Une royale Sœur, déjà sur le déclin,
Répond par des soupirs aux soupirs d'Athalin,
Un Dupin qui sait tout, moins l'art de se bien taire,
S'incline et semble en bas chercher un ministère ;
La Reine ici maudit le *miracle* indiscret
Qui trahit des hymens l'hymen le plus *secret ;*
De Chonen sent brûler ses lèvres desséchées ;
Roule, accourt, Chonen fuit ; l'Acille des tranchées
Qu'un Homère apostat a chanté dans ses vers,
S'admire, dans un plan, sous les canons d'Anvers ;

Humann fait, en projet, un royaume *sans bornes;*
Tous les murs tapissés de ces visages mornes.
Qu'on bénit au budget et qu'on siffle partout,
Donnent, au pied la ligne, un profil de d'Argout;
Et des masques de femme, avortons de nature;
Voilà des bals royaux la fidelle peinture;
Aussi n'a-t-on pour eux qu'ironique mépris.

C'est trop garder le ton que ma Muse avait pris;
Dans les couloirs profonds où la tourbe vassale
Se roule par accès du portique à la salle,
Un insolent Anglais, l'aud ce peinte au front,
Vient aux gradins du trône afficher un affront,
A sa giberne on lit ce mot de tragédie:
WATERLOO!!! Malheureux, c'est par la perfidie
Que ta faiblesse a pu dérober un succès!
Sache quel est ton poids dans la main du Français;
Dans nos laquais de Cour s'il était un bras d'homme
Il t'eût brisé la tête! A la place Vendôme
Interroge des yeux cette histoire d'airain,
Que l'Europe ne pût arracher du terrain,
Ton orgueil apprendra du bronze d'Angleterre
Qui d'elle ou de la France a fait trembler la terre.
Tu crois par un bécail parqué dans la splendeur,
Juger d'un Peuple entier, de sa vielle grandeur,
Et tu viens l'insulter, le dégrader en face!
Si l'impôt à nourri des entrailles de glace,

Si l'infâme *Doctrine* a proscrit la valeur
Dans ces flancs de *ventrus* désertés par l'honneur,
Ose un jour devant nous cracher la même injure!
Et toi, *Système* creux, imbécille et parjure,
Pourquoi des fous ont-ils pétri ta royauté,
Si tout un pays voit crouler sa dignité
Dans la main d'un Anglais, et dans les Tuileries!
Voilà le fruit éclos de ces tartufferies,
Dont tu couvas deux ans un germe d'avenir
Ta lâche main n'a plus de rênes à tenir;
L'Étranger sur le char peut salir ta bannière,
Car il est à jamais embourbé dans l'ornière.
Est-ce bien là, dis-moi, ce généreux serment
Qui greffa sur la Charte un *fort* gouvernement,
Sept jours après le feu de la Grande Bataille?
Et tu ne craindrais pas que d'une seule entaille
On pût revoir la hache abattre tes rameaux?...
Inseusé! ton pied creuse un abîme de maux!

Peuple, ne sois point sourd à la voix qui te crie
De marier tes bras pour sauver la Patrie!
Forme tes nœuds de bronze, enlace tes chaînons;
Que l'arsenal soit prêt, au tocsin des canons,
A hérisser nos camps de tes puissantes armes;
Cherche dans le malheur ceux qui n'ont que des larmes,
Et, des barreaux épais d'une indigne prison,
Déroule dans l'espace un plus vaste horison,

Où le cœur aime encore à plonger l'espérance.
Le ciel n'a pas éteint les beaux jours de la France :
Tant qu'elle a des enfans, elle aura des vengeurs !
Ces canaux à budgets, ces éternels rongeurs,
Insectes de palais dont l'engeance fourmille,
Tomberont écrasés, quand la grande-famille
Verra ce qu'ils ont pris de ses riches moissons,
Renouons notre cercle aux refrains des chansons;
Et si jamais un roi nous forge l'arbitraire,
Etendons sur le trône une crêpe funéraire !

J.-F. Destigny.

Cette Satyre politique, paraissant tous les dimanches par livraison d'une feuille
in-4°, formera à la fin de l'année un volume complet de 52 feuilles.

PRIX DE LA SOUSCRIPTION :

Pour les 52 livraisons. . . . . 40 fr.   Pour   13   id. 10
Pour   26   id. 20   Et 2 fr. de plus pour les départemens.

ON SOUSCRIT :

Chez PAULIN, libraire-éditeur, place de la Bourse ; au CERCLE LITTÉRAIRE,
boulevart Bonne-Nouvelle; et chez l'AUTEUR, passage du Saumon,
maison n° VI, hôtel des Étrangers.

On trouve *la Barthélemiade* chez PAULIN et chez tous les libraires du
Palais-Royal. Prix : 1 fr. 50 cent.

PARIS. — IMPRIMERIE DE AUGUSTE MIE, RUE JOQUELET, N° 9, PLACE DE LA BOURSE.

NÉMÉSIS

INCORRUPTIBLE,

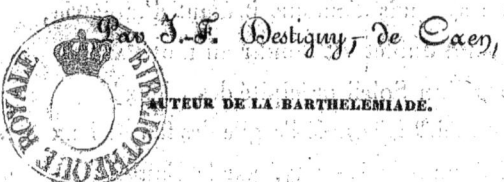

Par J.-F. Destigny, de Caen,

AUTEUR DE LA BARTHELEMIADE.

LES POLONAIS EN SIBÉRIE.

> La nationalité polonaise ne périra pas......!
>
> LOUIS-PHILIPPE (23 *juillet* 1831).

Triomphe, Nicolas, ta rage est assouvie !
L'Aigle blanc qui planait où fume Varsovie,
Traîne son vol pesant sur des cadavres froids !
Il a bu le poison des promesses des Rois :
La POLOGNE n'est plus !!! Oh ! France, ingrate veuve,
As-tu donc renié, sous ta Majesté neuve,

Un règne ourdi de gloire et tissu de grandeur?
As-tu donc oublié cette intrépide ardeur
Qui, fidelle aux revers, bouillait dans la poitrine
De ces braves saignant aux crocs de la *Doctrine?*
Et ces remparts de peuple aux bras, aux cœurs de fer,
Surgis, comme volcans, des torrents de l'Enfer;
Ces hommes chauds d'amour, brûlant d'idolâtrie,
Que le grand Juillet vit bondir au mot PATRIE!
Ces rayons d'un Soleil précipité des Cieux!
Qu'en as-tu fait? Eh quoi! l'argile des faux-Dieux
Ne fut-il donc broyé, délayé par la Foule
Que pour mêler sa fange à la crasse du moule
Et tirer de la pâte un patron aux tyrans?
Océan, que n'as-tu, de tes flots dévorants,
Engloutis le creuset à porteur de couronne!
Ils étreignent ta vague, et leur digue environne
D'une étroite ceinture un lit semé d'écueils
Où ta lame se brise en peuplant des cercueils.....
Mais que pèse aux houlons cette barque de verre
Où flotte le destin des *Puissans* de la Terre?
Vaut elle un grain tombé dans un gouffre béant,
Le poids d'un seul cheveu sur le front d'un géant
Où le Duvet qu'emporte un tourbillon d'orage?
C'est à peine un atôme... Eh! bien, l'atôme outrage
Un mort qui de sa crête ombrage l'Univers!
Le Duvet orgueilleux veut régner dans les airs,

L'impalpable cheveu courber un chef sublime,
L'imperceptible grain veut combler un abîme!
Un roi! ce mot efface un rêve de bonheur;
Il salit, il arrache, il étouffe l'honneur;
Dès qu'il part des poumons, c'est un glas d'agonie.
L'*Auguste* vient trôner, quand la lutte est finie,
Sur des lambeau de corps, tout fumant de trépas;
Il jure aussi la Charte... a-t-il marqué trois pas
Aux tapis d'un palais encombré de vermine,
Il tarit des impôts l'intarissable mine
A gorger sa sequelle aux canaux du trésor;
Et le Peuple s'énerve à lui suer de l'or!....
Mais l'insensé, qui crut à ses promesses vaines,
Qui pour teindre sa pourpre ouvrit toutes ses veines,
L'écho, qui répéta nos cris de Liberté,
Le Polonais!.... tout meurt! serment de Royeuté,
Feuillage trop perfide étendu sur le piége,
Tu couvais pour Paris l'arbitraire d'un siége;
Et pour nos bras de fer! quand ils ont fait de rien,
Ou du moins, laissé faire un bâton pour le tien!
Ah! c'est là le foyer de toute ingratitude!
Oui, la France eût brisé ta vieille servitude
Immortelle Pologne! aux coups de l'oppresseur
Elle eût tendu pour toi ses entrailles de sœur;
Le cosaque éperdu, jusque sur sa tannière
Eût vu les trois couleurs de la grande bannière;

Et, le front incliné, les genoux grelottans,
Imploré ta clémence aux suprêmes instans.
Mais, non; huit lâches nains, sourds au meurtre qui crie,
Ont vu, l'œil sec, traîner tes fils en Sibérie!!...

Infâmes assassins, valets d'atrocité,
Comment rendrez vous compte à la postérité
Du sang dont votre main est encore dégoûtante !
Si vous n'eussiez bercé d'une éternelle attente
Un peuple impatient de trancher ses débats,
S'il eût su, *malgré vous* (1), s'élancer aux combats,
Peut-être la Pologne aujourd'hui libre et fière,
De lauriers rajeunis ceindrait sa tête altière!
Compagnons de travaux, de revers, de succès,
De vieux soldats blanchis sous le drapeau Français,
Auraient-ils dû prévoir l'atroce perfidie
Qui semblait brin à brin attiser l'incendie
Dans les flancs fraternels de nos remparts du Nord?
O mystère d'horreurs, ton carybde est sans bord !
Mais le siècle qui creuse, emplit aussi le gouffre ;
Le temps, vengeur des maux que la Liberté souffre,
Aiguise lentement un glaive au froid acier;

(1) Le ministère français déclara le 23 juin à la sublime Pologne qu'il s'occu-
pait de la cause de sa liberté. Et le 7 juillet il dit : «Qu'on envoie en toute hâte
un courrier à Varsovie; *qu'ils tiennent deux mois* et qu'ils *évitent un échec*; la
Pologne est sauvée. » Quel rafinement de trahison !

Si sa main feuille à feuille assemble un lourd dossier,
Songe qu'il peut demain te sommer d'y répondre !...

L'incorruptible histoire est là pour vous confondre,
Esclaves de bassesse ; interrogez des yeux
Les dix ans de l'hiver de nos derniers ayeux,
Et les trois lustres d'or du printemps de notre âge;
Où l'homme a-t-il jamais, bouillonnant de courage,
Enchaîné sa fortune avec plus d'abandon
Aux caprices des camps? ah! Pologne, pardon !
Quand la Victoire lasse eut déserté nos armes
Naguère on vit tomber, noyés de grosses larmes,
Assez de tes enfans pour venger seuls ton nom,
S'ils pouvaient aujourd'hui s'éveiller au canon !
Mais il n'en reste, hélas! que l'inerte poussière!....
Ils sont morts pour la France! et leur tertre est sans pierre,
Et dans l'aff. eux état où râlent leurs neveux
Nous n'avons su qu'offrir du vieux linge et des vœux !

A quels titres plus saints l'indolente Belgique,
A-t-elle vu nos fils pleins d'un zèle énergique,
Sous le bronze tonnant affronter mille morts?
Elle est lâche et trahit partout et sans remords;
Elle a pu, l'arme au pied, loin du champ de bataille,
Entendre sur nos seins raisonner la mitraille.

Sans brûler sa cartouche au front des Hollandais!
Son roitelet éclos sous l'aile des Anglais,
Est *très noble* allié de *très haute* famille;
C'est vrai : mais devrons marier fille à fille,
Etayer de soldats, de deniers et d'arpens,
Protéger et doter, à nos frais et dépends,
Jusqu'au dernier rameau qui pousse aux Tuileries?
Il faut, pour les compter, les classer par séries....

Prêtant à l'Angleterre un visage à souflets,
On laboure deux fois tout un champ de boulets,
Sans rendre aux forts battus leur drapeau tricolore.
Et toi, Pologne, en vain tu l'appelles encore!
Ah! qu'on les trouvait grands tes généreux guerriers,
Quand notre aigle entre nous partageait ses lauriers,
Quand, le schako paré de la vieille cocarde,
Ils s'élançaient au feu de front avec la garde!
La Gloire se rompait à leur pas belliqueux;
Elle suivait l'étape et doublait avec eux,
Dès qu'on pressait les flancs des bandes fugitives,
Ou que d'un large fleuve on mariait les rives,
Pour saisir au vaincu ses canons encloués,
Et fermer la retraite aux bataillons troués
Que le torrent français balayait de la plaine.
Eh! bien, les poings meurtris d'une pesante chaine,

On les expose nus aux rigueurs des climats,
Sous un ciel dévorant, ou glacé de frimas,
Sur un sol qui jamais ne garda traces d'homme!...
Et s'ils touchent la France, il suffit qu'on les nomme
Pour les voir étouffés des limiers d'un Pouvoir
Qui s'acharne contre eux au mépris du devoir;
Des Gisquets d'un *système*, aux vœux liberticides,
Ardens à torturer ces modernes Alcides
Qui purgent l'univers des hydres de ses cours.
On leur jette un pain noir à titre de *secours*,
Comme au chien édenté que son maître abandonne!
Prenez garde qu'un jour leur main ne vous en donne
Avec ce froid dédain qui flétrit les bienfaits,
Tyrans! Le Peuple a droit de péser vos forfaits,
Et quand, juge intraitable, il lève sa balance
Un juste châtiment brandit déjà sa lance!
Votre cœur est-il donc comme un coffre d'airain
Etroitement serré dans un triple merrain
D'où jamais on n'arrache un souffle de tendresse?
Peut-on voir, sans rougir, minés par la détresse
Des frères demander, pour 'asseoir un instant,
Un seuil qu'ils ont pour nous arrosé de leur sang,
Et vous le refusez! Opprobre de nature,
Puissiez-vous dans l'égoût disputer la nature
Aux reptiles fangeux qui lèchent les ruisseaux;
Puissiez-vous convoiter les restes des pourceaux,

Et nous , battant des mains , vous crier pour vengeance:
« Ingrats ! de vos noirceurs voilà la récompense !

Invincible POLOGNE ! ah! crois-en mes transports ,
Nos bras sauront bientôt seconder tes efforts !
Nous vengerons tes fils , tes drapeaux et la terre
Que d'un vautour profane a pollués la serre !
Va , tu n'as pas perdu le rang des nations ,
Ton grand nom passera des générations
Où tombent les débris que le passé dévore
Jusqu'aux temps où le dieu que la sagesse adore
Détacher des Cieux le magique flambeaux ,
Et rendre tout le globe à la nuit des tombeaux !
L'Égoïsme des Rois n'a pas atteint nos laves;
Le PEUPLE est toujours peuple; il venge les esclaves;
Il peut, quand il étreint dans l'accès du courroux ,
Froisser entre ses doigts les plus rudes verroux,
Et fracasser d'un coup les cinq planches du trône !
Et vous , frères, prenez; ce n'est pas une aumône,
C'est un pain que naguère a pétri votre main;
Les bords de la Vistule en produiront demain !....

                                        J.-F. Destigny.

Cette Satyre politique , paraissant tous les dimanches par livraison d'une feuille
   in-4°, formera à la fin de l'année un volume complet de 52 feuilles.

PRIX DE LA SOUSCRIPTION:

Pour les 52 livraisons. . . . . 40 fr.   Pour   13   id. 10
Pour   26   id. 20   Et 2 fr. de plus pour les départemens.

ON SOUSCRIT :

Chez PAULIN, libraire-éditeur , place de la Bourse ; au CERCLE LITTÉRAIRE,
   boulevart Bonne-Nouvelle; et chez l'AUTEUR, passage cu Saumon,
   maison n° VI, hôtel des Étrangers.

NÉMÉSIS

INCORRUPTIBLE.

Par J.-F. Destigny, de Caen,

AUTEUR DE LA BARTHELEMIADE.

LES DÉPUTÉS DU CENTRE.

> Tout fonctionnaire employé par le ministre est
> *la chair de sa chair et les os de ses os.*
>
> MAHUL, *député de l'Aude.* (12 novembre 1831.)

L'horizon populaire, après quinze ans d'orages,
S'étendaient scintillant de perfides mirages
Où le doigt du Prestige enfantait des châteaux ;
Paris, sous les éclats de ses frêles tréteaux,
Débris fumans d'un trône infâme à sa victoire,
Croyant de tous Bourbons barricader l'histoire,
Dans l'œuf abâtardit l'Aigle de l'Avenir.
Que son erreur laissa de Tyrans à bannir !

Dès le jour de repos de la Grande-Semaine,
Le Despotisme, prompt à renouer sa chaîne,
Endormit le Vainqueur sur des sermens de Rois,
Il s'allaitait du sang qui coula pour nos droits
Ce titgre dont bientôt la patte caressante
A sa crèche étouffa la Liberté naissante.
Oui, du Parjure à peine eut-t-on pris les canons
Que le nonveau Parjure eut forgé des chaînons
Pour attacher le Peuple aux coups de l'Arbitraire !
Le royal Débiteur a, d'un bras téméraire,
Arraché par lambeaux le Pacte des Grands-Jours.....
La Charte est un réseau pu'on déchire toujours
Quand il gêne les pas d'une caste dorée,
Mais, au fonds des cachots, pour le front sans livrée
Qui ne doit son éclat qu'aux rayons de l'honneur,
C'est l'acier dentelé qui ronge le bonheur.
Le réveil a détruit le rêve de la France ;
Et nous restons valets de la Sainte-Alliance ! ....
Valets d'un Nicolas !... Une secrète horreur
Pénètre à ce nom seul jusqu'aux fibres du cœur !
Quoi ! pas un Député qui jette un vote libre !
Ah ! l'égoïsme est tout ; il fond à son calibre
Un servile ramas de membres arlequins,
Caméléons, Ventrus, inertes mannequins,
Qui jettent, à genoux, les pas de la Fortune ;
Ils n'ont, ces hommes creux que la plainte importune,

Jamais qu'un cri soufflé par la brise des Cours :
Et quand le doctrinaire a meurtri de discours
Des intérêts brûlans du feu de la Patrie,
La *boule* de leurs doigts glacés d'idolâtrie
Tombe, entraîne avec elle au gouffre du scrutin
Le dernier sou du pauvre et l'espoir d'un Matin
Si riche de grandeur au lever de l'aurore....
Leur échine est un arc à la main qui les dore.

Eh bien ! les voyez-vous, crédules électeurs,
Ces Judas que le Peuple a pris pour ses tuteurs ?
L'opprobre qui les taille au pair de la *Doctrine*
A de sales rubans chamarré leur poitrine,
Il a gravé son nom sur leur front de suppôts,
Il en fait aujourd'hui les cribles des impôts,
Et demain, ils iront, portant la tête altière,
Mendier les honneurs d'une province entière !...
Traîtresse à tous mandats, cette Majorité
Sapa les fondemens de notre Liberté,
Pour user nos débris à gorger le *Système*.
Oui, les entendez-vous nous hurler anathème
Si l'on ose restreindre un budget accablant,
Ou disputer aux vœux d'un Monarque opulent
Un seul denier tombé des mains du Prolétaire.
Oh ! le pays n'est pas tout dans le Ministère;

Il est loin du Château de vieux toits délabrés,
Ou des droits méconnus et des besoins sacrés
Attendent l'avocat qui doit plaider leur cause.

Ils veulent que partout un Ministre dispose
Entre tous nos guérriers du grade et des cordons;
Un ministre? Insensés! Quand au feu des brandons
Le Vendéen réveille une guerre assoupie,
Quand armé des horreurs d'un fanatisme impie,
Le crime étend ses bras sur nos champs du Midi,
Le Pouvoir ombrageux et de crainte engourdi,
Confirme des brevets reniés par la gloire,
Et refuse le pain aux braves que la Loire,
A vus dans nos revers s'indigner sur ses bords,
De n'avoir pu dormir sur le chevet des morts....
Noble dispensateur des lauriers de l'armée!

Et la masse du Centre est une hydre affamée
Qui dévore dans l'ombre un cadavre sanglant,
Derniers restes des arts, de gloire et de talent;
C'est la grande machine à battre des centimes.
Sous les élus du peuple et les rois légitimes
On la vit, à tout gré, se tordre dans les flots
Du trésor qui la meut et nourrit les complots,
Et du fleuve rapide où les faveurs du monde

Précipitent leur cours, dans une mer profonde,
On la vit de Louis secondant les desseins
Etouffer dans les cœurs les élans les plus saints
Pour servir en aveugle un parti qu'on méprise;
On la vit sous Vilelle apposer à la crise
Un rempart inflexible au choc de la raison;
Et quand Martignac vint retremper sa maison
A la royale Cour de la famille usée,
Quand Polignac brûla sa dernière fusée,
Comme un flambeau qui dût éclairer son trépas,
Le Centre de ce temps se traînait sur leurs pas :
Il suit tous les pouvoirs comme une ombre assidue.

Et, si la Chambre, usant d'une liberté due,
Vient jeter au creuset où s'épurent les lois
Un projet de grandeur, de bienfaits ou d'exploits;
Pour encenser le Dieu dans sa prérogative
On verra ces *ventrus*, d'une boutade active,
Étrangler dans le bruit la voix de l'orateur;
Mais, qu'un nain du *Systeme* en soit le créateur,
Alors de trépigner, d'applaudir à tout fendre,
Et de courir voter souvent sans rien entendre !
C'est peut-être en trois mots un arrêt de Destin....?
Eh ! qu'importe, après tout, l'heure appelle au festin,
Le signal est donné, tout le Centre se lève !....

Oh ! Peuple patient', quant tu pendis ton glaive
Aux frontons balafrés par des boulets royaux',
Quand tu gardais à jeun la pourpre et les joyaux
D'un trône disloqué par ta main vengeresse,
As-tu le moindre instant prévu que ton ivresse
N'était qu'un songe d'or, qui', s'effaçant le soir,
Laisserait après lui l'horreur du désespoir !

Ces lois qui t'ont coûter tout le sang de tes veines ;
Dis-moi, qu'en as-tu fait ? Et ces parades vaines
Où les Rats de butin ont mordu le vainqueur ;
Ce sourire attrayant d'un visage moqueur,
Ce *Roi-Républicain* emprunté de la foule,
Et porté comme l'esquif sur le front d'une houle
Au pinacle désert d'un volcan déchiré;
Que sont-ils devenus ? Ce retour désiré
Vers un soleil poignant des ardeurs d'un autre âge,
A-t-il long-temps doré l'arc-en-ciel du rivage?
Tout s'est évanoui !.... L'Avarice et l'orgueil
Ont raffublé Paris de sa robe de deuil !
A peine de ses fils on distingue la trace
Entre ces grands tombeaux que sa ceinture embrasse ;
Et ses représentans enrichis de haillons
Amortissent nos cris sous le frein des baillons
Que la *Doctrine* attache aux dents de la misère !

Si parmi ces laquais que la splendeur ulcère
On trouve clair semé des hommes à transports,
Aux cœurs indépendants, qui poursuivent d'efforts
Ce but où les appelle un cri secret de l'âme ;
Ceux que pour ses fils la Liberté réclame ;
Un tyran du *Sisteme* acharné sur leurs flancs,
GUIZOT, que l'on a vu sali de cordons blancs,
Traîner devant des rois sont front dans la poussière,
Le ministre Guizot, sermonneur et patron
De ce mélange informe, exécrable poltron,
Dont il nous rompt les bras depuis dix-huit-cent-trente,
Guizot, pour appaiser la *Doctrine* mourante
A frappé du boutoir l'Inspecteur général!
Qui put donc le pousser à cette acte brutal?
Fallait-il que DUBOIS, un ardent patriote,
Allât courber la tête à cet Iscariote,
Et jeter comme lui son vote à *l'assassin?*
Faillait-il soudoyer un éternel tocsin
Sur l'airain frémissant des torts de la Vendée?
C'est du canon-Guizot la première bordée,
Il va doubler le feu, BAUDE a droit à ses coups;
Il voudrait d'un seul trait nous pulvériser tous.
Amis du Peuple-fort, descendez dans l'arène,
Extirpez les abus, arrachez la gangrène
Qui peut gagner rapide au cœur des hommes lents;
Malheur a qui n'a plus que des reins chancelants,

Quand il faut repousser l'assaut de la mitraille.

L'oreille n'entend pas le bronze de bataille

Labourer en tonnant des camps jonchés de morts

On doit asaillir l'âme en dardant les remords,

Et rallumer l'honneur, s'il en pétille encore,

Dans le sein applati du Judas tricolore,

A l'œuvre Défenseurs de notre Liberté,

Laissez dormir s'il veut avec sa royauté,

L'inepte qui frisonne au mot de RÉPUBLIQUE!

Mais, les flancs embrassés de son éclair magique,

Attendons que la foudre ait grondé dans les airs;

Le Temps rompra sans choc le cercle des revers

Qui depuis trente mois enveloppe la Terre!

On nous verra fouler le joug de l'Angleterre

Comme un frêle hochet sous le pied du Géant.

Si l'Europe a cru voir un Peuple fainéant

Dans les fils amolis des soldats de 'Empire,

Alors nous prouverons ce que la force inspire,

Et, nos bras à la mort arrachant des succès,

Sauront comme autrefois lui répondre : FRANÇAIS!!

J.-J. Destigny.

Cette Satyre politique, paraissant tous les dimanches par livraison d'une feuille
in-4°, formera à la fin de l'année un volume complet de 52 feuilles.

PRIX DE LA SOUSCRIPTION:

Pour les 52 livraisons. . . . . 40 fr.   Pour   13   id. 10
Pour   26   id. 20   Et 2 fr. de plus pour les départemens.

ON SOUSCRIT :

Chez PAULIN, libraire-éditeur, place de la Bourse; LEDOYEN, libraire,
Palais-Royal, galerie d'Orléans; et chez l'AUTEUR, passage du Saumon,
maison n° VI, hôtel des Étrangers.

NÉMÉSIS

INCORRUPTIBLE.

Par J.-F. Destigny, de Caen,

AUTEUR DE LA BARTHELEMIADE.

UNE COUR D'ASSISES.

> Je suis ici le premier défenseur de l'accusé.....
> C'est Bergeron qui a commis le *crime*, c'est lui,
> MM. les Jurés; que vous condamnerez.
>
> PERSIL (audience du 17 mars).

Quand la gangrène atteint de sa dent carnivore
Un membre fracassé que la fièvre dévore,
Et monte en le rongeant jusqu'aux parois du cœur,
Il faut couper le feu du venin corrupteur
Que rien n'éteindrait plus dans sa sphère agrandie;
Le couper, comme un toit que lèche l'incendie!
Mais anathème au poing qui, raidis par l'Enfer,
Imprudemment aiguisé et promène le fer

Sur de vierges tendons nourris dans la chair vive !
Il est comptable au corps du bras dont il le prive...
Eh ! bien, c'est ton forfait, homme altéré de sang !
Le Peuple est ce grand corps, ce bras sain l'INNOCENT
Dont, en hurlant, ta rage a demandé la tête !...
Oh ! Persil, ne crois pas que la crainte m'arrête :
On m'a vendu le droit de narguer ton courroux.
A peine étais-je né que ta griffe à verroux
A remué pour moi l'onde qui fanatise ;
Un tribunal m'a dit : *Enfant, je te baptise !*
Et depuis ce grand jour le fiel bout dans mon sein ;
Chaque réquisitoire a son glas de tocsin
Qui, bourdonnant l'horreur dans ma verve débile,
Galvanise nos reins comme un accès de bile....
Un long cri de vengeance arrache mes poumons.

Et toi, vieux détracteur du Dieu que nous aimons,
Frélon gras de budjet et de magistrature,
As-tu de l'échafaud mendié la pâture,
Avec un œil sauvage assez digne des Noirs !
L'honneur n'a donc rien dit sous cette large croix
Qui bat au souffle vain de ta creuse poitrine ?
Il faut à l'appétit de l'infame *Doctrine*
Un cadavre de frère, et toi, toi majistrat,
Tu prêtes la balance aux faveurs d'un ingrat,

Tu charges BERGERON à la pointe du glaive !
Si ton vœu l'eût jetté sur le trône de Grève,
Et là, courbé son front sous le fatal acier,
Aurais-tu pu survivre au coup de balancier
Qui l'eût, pour colorer ta politique immonde,
Arraché dans sa fleur au désespoir du monde !
Aurais-tu, quand minuit du dernier des flambeaux
Presse la mèche éteinte, et du creux des tombeaux
Déroule dans les airs le cortége des ombres,
Entendu sans effroi, sous les orcades sombres
Où Juillet a naguère entassé de grands morts,
Le nom de ta victoire !... Eh ! le ver du remords
Disséquerait déjà tes perfides entrailles !
Tu n'aurais de repos qu'après tes funérailles,
Suprême acte sali du cachet des *Puissans*,
Sous un tertre foulé par l'oubli des passans ;
Si l'inplacable cri de l'humaine hécatombe
N'allait scier tes os jusqu'au fond de la tombe !...

Le bon juge est sur terre une image de Dieu,
Intègre comme lui... C'est l'immobile essieu
Qui pousse les débats, les tempère et se joue
Dans un centre impassible aux tourmens de la roue ;
Le robuste vaisseau qui, sous l'assaut des vents,
Tourne ses flancs de chêne à mille flots mouvans

Et fait planer aux cieux sa triple banderole,
Un astre dont l'éclat éclaire la parole
En tombant de la lèvre et du faible et du fort ;
Un oracle des Lois qui prête son renfort
Au droit qui contre tous implore la Justice :
Et non ce furibond d'intégrité factice
Ardent à proclamer dans le feu du discours
Un zèle que tiédit l'égoïsme des cours ;
Le conseiller DUBOIS, un gouffre d'abondance,
Un limier qu'on a vu traquer la présidence
Au prix du sang feançais ! Et l'Ogre de parquet,
Le tigre rugissant à l'odeur d'un banquet
Engraissé pour Samson à Sainte-Pélagie,
Viendra-t-il donc, fumant d'une infernale orgie,
Polluer la simarre et dégrader nos lois ?
Est-il un autre prix pour d'aussi grands exploits !

Une amorce a fumé sur l'Homme qui gouverne !...
Mais *l'assassin*, le *monstre* a trahi sa caverne :
Il n'est aveugle fou qui n'ait ouvert les yeux
Et tourné de pitié son regard vers les cieux ;
Du creuset que Persil chauffait en Cour d'Assises
On a vu découler des preuves trop précises,
Pour qu'aujourd'hui le Peuple étouffa sa raison.
Ces ruses du vieux temps ne sont plus de saison ;

Il faut un masque fin à la foule incrédule :
Et, que dis-je, son œil atteint le ridicule
Entre les plis secrets du manteau des tyrans !
Quand l'esprit s'abandonne à ses yeux délirans,
Il déchire la pourpre et poinçonne sa marque
Avec un vers brûlant au front nu du Monarque :
Il n'est rien de sacré pour la profane main
Qui sait vaincre les Rois et creuser le chemin
A l'exil-impromptu des têtes couronnées !...

Où donc a-t-on couvé ces craintes erronnées
Qui tiraillent les cœurs au mâle souvenir
D'un règne de lauriers trop lent à revenir ?
La République est pure : on cherche en vain la braise
Où bouillait la terreur en l'an quatre-vingt-treize ;
Le sang d'un Roi n'est plus le ciment qu'il nous faut,
Le ponton, le poignard, la corde et l'échafaud
Sont à jamais proscrits de la terre de France.
Et l'on veut qu'un Français ait pour sa délivrance
Au salpêtre assassin emprunté le trépas,
Et, mesurant le temps avec un froid compas,
Craché la balle au frond d'un simulacre d'homme !
Un roi ! qu'est-ce en effet, le mannequin qu'on nomme
Et qu'on dresse bien haut comme un épouvantail ;
Un fermier qui du Peuple a pris le trône à bail

Pour cultiver le champ que la frontière enferme,
Un lapon qu'en *trois jours* on chasse de la ferme
Quand il ronge les fruits et les fonds du Trésor :
Il est vrai que souvent il en coffre tout lor
Et ne laisse à qui vient sur une glèbe nue
Qu'un sol empoisonné de sa lèpre inconnue :
Mais il n'est pas un bras qui voulût le frapper...

Si le vainqueur eut cru devoir vous échapper
Pour sceller le succès de la Grande Bataille,
Aurait-il trente mois gorgé la valetaille
De ce Bourbon éclos des débris de Jnillet?
Non; déchirant l'histoire à son premier feuillet
Il eut broyé du pied la souche de la race,
Et joint plus d'un chapitre à la belle préface
Où Paris en courroux burinait à grands traits
Des exploits palpitans de splendeur et d'attraits :
Il eût fermé son Louvre à la gent famélique,
Et fait ramper l'Europe au mot de RÉPUBLIQUE !

Esclave grelottent d'une vague terreur
Il énerve le poingt dont il craint la fureur,
Ce Pouvoir usurpé sur le vœu populaire,
Et Persil rayonnant serre à la jugulaire
Le Géant épuisé d'allaiter les impôts !

Sr liberté s'éteint , ses biens et son repos
Sont flétris sous la dent de cette hydre acharnée
Qui dévore ses jours et tord sa destinée
Dans les fers accablants d'une indigne prison.
Six pieds de souterrain forment tout l'horison
Du Maître qui naguères a doré sa livrée !
Quand au seuil du Château la Canaille énivrée
Roulait des yeux de feu sous un front en lambeaux ,
Quand au Royal-Palais , après des jours si beaux ,
La Victoire en haillons lui présentait les armes
Et déjà murmurait en secouant des larmes :
« C'est toujours un Bourbon !... Ah ! si dans le torrent
Qui frémissait encore, un cri du Conquérant
Eut prédit le *Système* et la route fangeuse,
Alors un tourbillon de la lame orageuse
En bondissant peut-être eut trituré l'esquif
Entre un gradin du trône et les os d'un ressif ;
Alors, le Souverain eût vécu de sa gloire
Et *Duboys* avocat croupi dans Maine-et-Loire !

Le crime est honnoré ce cloaque affreux
Où la Polic enlace un tissu de ses nœuds
Pour enchaîner le Peuple et ronger sa curée ;
Mais la vertu s'y meurt, on la voit torturée,
Haleter sous le poids d'un joug avilissant ;

Et sous l'opprobre inné qui la souille en passant.
Elle expire bientôt ; car sa candeur première
Éteint comme un brillant qui n'a plus de lumière.
Le mensonge est flatté ; si la voix de l'honnêur
S'élève et tonne un mot, Persil est rançonneur.
De l'homme qui se vautre au fond de la sentine,
Il exalte son âme, il colore, il butine,
Sur les fleurs d'un printemps sali par trente hivers,
Un parfum qui lui serve à gazer les travers
Où Collet a roulé comme dans un abîme :
Et quand Benoit qu'il n'ose accuser d'aucun crime
A traîné quatre mois dans les ravins glacés
De cachots où la France a ses fils entassés,
Pour expier, hélas ! un tort de sa fortune.
Il reste, comme un sourd que le geste importune,
Calme, indolent et froid à son cri de douleur !
Le voilà, ce tigre-homme insensible au malheur,
Qui flagelle son Maître et le le traîne au prétoire;
Il a cloué son nom au poteau de l'Histoire !

J.-F. Destigny.

Cette Satyre politique, paraissant tous les dimanches par livraison d'une feuille
in-4°, formera à la fin de l'année un volume complet de 52 feuilles.

SOUSCRIPTION :

Pour les 52 livraisons. . . . . 40 fr. Pour   13   id. 10
Pour   26   id. 20   Et 2 fr. de plus pour les départemens.

ON SOUSCRIT :

Chez PAULIN, libraire-éditeur, place de la Bourse; LEDOYEN, libraire,
Palais-Royal, galerie d'Orléans ; et chez l'AUTEUR, passage du Saumon,
maison n° VI, hôtel des Étrangers.

PARIS. — IMPRIMERIE DE AUGUSTE MIE, RUE JOQUELET, N° 9, PLACE DE LA BOURSE.

DIX-NEUVIÈME LIVRAISON.　　　　　　　　DIMANCHE, 31 MARS 1833.

NEMÉSIS

INCORRUPTIBLE.

Par J. F. Destigny, de Caen,

AUTEUR DE LA BARTHELEMIADE.

J. LAFFITTE.

> Quoi! ce n'est pas encore beaucoup
> D'avoir de mon gosier retiré votre cou?
> Allez, vous êtes une ingrate,
> Ne tombez jamais sous ma patte!
> 　　　　　LA FONTAINE, Fable.

Si ma Lyre était d'or !..., Si, chaud de poésie
Mon front suait des chants comme l'arbre d'Asie
Distille ses parfums à l'haleine des airs!
Si ma Verve changeait tous mes transports en vers!
Ah! Laffitte, j'irais dérouler jusqu'aux nues

De ton grand bulletin les pages inconnues;
J'irais étendre aux jours ce tissu de bienfaits,

Pour, époudrant le cœur des ingrats qu'il a faits,
Dresser un monument et d'opprobre et gloire!

J'irais, au nom sacré des Braves de la Loire,
Au nom de tout Paris, au nom du genre humain,
Te charger de fleurons, les sceller de ma main,
Sur l'inaltérable or de ta large couronne!
Elle est aussi *bien belle*, un Peuple ENTIER la donne!.. (1)
Oui, j'irais caresser de flots harmonieux
Le Mortel que l'amour a mis au rang des Dieux,
Si la voix ne manquait à mon idolatrie!....

À tes ailes de feu, Chantre de la Patrie,
L'honneur de bâillonner la rage des Autans,
D'arracher sa mémoire à la rouille des temps
Et de suivre cet astre emporté dans l'orbite.....
Il faut un BÉRANGER pour chanter un LAFFITTE!
Et pourtant je veux, moi, perdu sous tes rayons,
Moi, le nain du Parnasse, émousser mes crayons
A dérider le bloc où germe sa statue!
Si, trop lourd pour mes reins, ce beau fardeau me tue,
Qu'il laisse, au moins qu'il laisse, en tribut de mes vœux,
Les débris de mon luth à nos premiers neveux,
Peut-être ils tailleront un marbre impérissable
Au nom pour qui ma Muse eut quelques grains de sable!...

Né PROLÉTAIRE, lui, sensible à la douleur,

(1) Ne regardez pas mes pieds, mais mes mains : ce que je tiens est bien beau; c'est
une couronne.   LAFFITTE au duc d'Orléans. (Palais-Royal, 31 juillet 1830.

Jamais il n'a tendu sa main vide au malheur.

La bure, de laquais fendant la vaine escorte,

A froissé mille fois le satin à sa porte

Et toujours pénétré, sans refus, sans efforts;

Le coupon de la faim puisait à ses trésors

Avant le pli timbré des *Puissans* de la Terre!

Bien plus! tirant sur lui le rideau du mystère —

Il dérobait sa trace au salaire du cœur!

Et lorsque l'Étranger, perfidement vainqueur,

Consacrait aux Aînés l'offertoire des têtes,

Son front comme un volcan déchirait les tempêtes

Dont le souffle des Rois noircit notre horizon!

Sa charité suivit l'Aigle dans sa prison,

Et, protégeant ses fils de rivage en rivage,

Elle arracha la France à l'horreur du veuvage,...

Son bras mina quinze ans une brèche à l'assaut!...

Mais, quand l'Europe a dû s'éveiller en sursaut

Pour moudre du talon la royauté fragile,

On l'a vu, jour néfaste! emprunter à l'argile

Une cruche royale où s'engouffre l'impôt!

On l'a vu,... j'en frémis... lui, LAFFITTE! suppôt...!

Oh! non; prêtre trompé d'une perfide idole,

Enchaîner sur l'autel et rendre à la bricole

Un cou dont le grand Peuple avait frappé le ciel!

Je m'égare... l'erreur a ramené le fiel

Qui depuis trente mois bouillonne sous l'écorce

D'un sein où la torture a centuplé ma force.
Il est juste mon cœur : et son cri me répond
Que ta main n'a jamais traîné la barque à fond,
Et que ton crime, à toi, fut d'être trop crédule...
Ton âme reste pure : elle a sous la macule
Un disque étincelant qui fatigue les yeux
Et fond la nullité du traître audacieux
Qui frappe ta vertu d'une dague sévère.
Qu'un *Viennet* t'insulte, un PEUPLE te révère !
Ah ! nargue en paix l'acier trempé dans les *Débats* ;
Il n'atteint pas si haut quand il part d'aussi bas.

Le pilon qui des Rois avait brisé le moule
Et retenu ses coups, l'intelligente Foule
A vu l'ingratitude ! Oui, la fournaise au front
Comme un feu de bitume ; elle a senti l'affront
Dévorer en tombant le creux de sa poitrine :
Elle a crié : *Vengeance !* et l'infâme *Doctrin*
A braqué son œil fauve à la voix du grand corps,
Comme une hyène ardente à déterrer les morts
Pour savourer des chairs l'infernale pâture ;
Elle cherchait où mordre, et la froide inposture
A jusqu'à *Figaro*, ce plat valet du jour,
Soufflé de ces poisons qu'on prépare à la Cour ;
Venin atroce et lent, perfide Syracuse,
Qui sait, ridant le cœur, tuer sans qu'on l'accuse.

Elle a poussé l'effroi comme elle pousse un dard
Dans le flanc frissonnant au vent d'un étendard
Qui, sous la LIBERTÉ, fera le tour du monde !
Évoquant ses Gisquets de l'arsenal immonde,
Elle hurle : *à l'Émeute !* elle marque du doigt
L'hôtel, d'où *torche en main*, la RÉPUBLIQUE *doit*
Se ruer sur Paris comme un torrent d'orage !...
Et c'est l'Hôtel-Laffitte !... Ah ! c'en est trop ; l'outrage
A débordé la coupe ! Arrière accusateurs !
C'est la trame d'enfer ! le brevet des auteurs !
Car, sous le haillon blanc que la France renie
Jamais on n'eût forgé si basse calomnie.

Si LAFFITTE voulait sur un sol caverneux
Voir le trône en éclat, ne tien-t-il pas les nœuds
Qui meuvent les pantins de la race royale ?
Et s'il allait..... Oh ! non, son âme est trop loyale ;
Il ne voudra jamais balancer le marteau.
» Moi ! me venger !... Silence : il parle du Château ;...
» Me venger ! et de quoi ? La disgrâce est commune
» A qui voit ici bas s'écrouler sa fortune ;
» Je n'avais rien prêté, je ne réclame rien ;
« Si je l'armai d'un spectre, il n'étais pas le mien.
« L'amour de mon pays,... une ferme espérance...
« Qu'il était beau ce rêve !... Enfin... vive la France !
« Un jour luira peut-être où le grand char tombé

« Sortira du limon qui le tien en bourbé!...
« Quand à moi, parti pauvre, on verra s'il m'en coûte
« D'atteindre pauvre encore au terme de ma route!... »
Puis sa paupière tombe en renfonçant des pleurs !

Eh ! quand tu n'a gardé que l'épine des fleurs,
Tu trouverais sans fruits l'automne de la vie !
De trente ans de labeurs l'essence t'est ravie,
Mait le Peuple enrichi de tes mille secours,
A droit de réparer l'égoïsme des Cours.
La canaille vaut bien les tyrans que tu crés:
Les sermens sont de bronze et ses dettes sacrés!
Tout l'univers t'appelle, il t'ouvre mille bras,
Mais le Palais se ferme!.... Ah ! repaire d'ingrats,
Quand sa main a peuplé tes lambris solitaires
Aux *deux cent dix-neuf voix* de tremblans mandataires,
La Liane du trône étreignait ses rameaux :
Mais ce chêne instrument et remède des maux
Qui coulent aujourd'hui du sarment parasite,
Est courbé vers la terre.... Et cet avare hésite
A tisser sous la chûte un soutien des tendons.
Que le temps a changés en robustes cordons
Aux flancs du protecteur dont ils pompent la sève.
Malheur à qui se livre au serpent qu'il élève !

O vous qu'il a dotés, pauvres de tous les rangs,
Non, vous n'aurez jamais le froid oubli des Grands
Pour qui vous arracha des bords du précipice!
Il a droit au tribut; toute offrande est propice
Au témoignage ardent, au monument d'amour
Que l'Europe lui fonde! Oui; noblesse et faubourg,
Quels que soient vos drapeaux, votre culte et votre âge,
Il faut au sanctuaire attacher un hommage!
La vermine des rois a vidé les greniers;
C'est vrai, mais tous besoins ont pris de ses deniers.
Caron les a trouvés sur la plage étrangère,
Nodier sous la mansarde, et la veuve et la mère,
L'inconnu, l'orphelin, la faiblesse et le tort:
Il fut pour tous un phare, une ancre dans le port!
C'est l'appui des beaux-arts! il nourrit l'industrie!
Payons, l'honneur assigne au nom de la Patrie!.....

J.-F. Destigny.

NÉMÉSIS EN COUR ROYALE (1).

De par le dieu d'un fisc où le frelon se gorge,
Attendu qu'un vers acre a mordu dans la gorge
Un tendre agneau, Persil, que le diable fait chair,
Pour se pendre à nos seins comme un grappin de fer
Et polluer nos fronts de son tact de harpie;
Attendu que sa dent n'a pu mettre en charpie,
Quoiqu'il eût bien fouillé, bien flairé tout l'État,
L'indéchiffrable auteur de l'horrible attentat;
Vu l'appétit croissant qui fait beugler son ventre,
Et l'amende si douce aux Députés du Centre;
Sur appel d'un arrêt tout poudreux de trois mois,
NÉMÉSIS se rendra, pour disputer ses droits,
Salle des Pas-Perdus, voisine des Assises,
Mardi, deux du prochain, à neuf heures précises.

(1) On m'accuse d'indiscrétion, c'est possicle; mais un billet doux m'arrive du Parquet et je ne puis résister au désir d'en communiquer un extrait à MM. mes lecteurs; j'ai comme bien des jeunes gens la passion mes bonnes aventures....

Cette Satyre politique, paraissant tous les dimanches par livraison d'une feuille in-4°, formera à la fin de l'année un volume complet de 52 feuilles.

SOUSCRIPTION:

Pour les 52 livraisons.	40 fr.	Pour 13 id.	10
Pour 26 id.	20	Et 2 fr. de plus pour les départemens.	

ON SOUSCRIT:

Chez PAULIN, libraire-éditeur, place de la Bourse; LEDOYEN, libraire, Palais-Royal, galerie d'Orléans; et chez l'AUTEUR, passage du Saumon, maison n° VI, hôtel des Étrangers.

PARIS. — IMPRIMERIE DE AUGUSTE MIE, RUE JOQUELET, N° 9, PLACE DE LA BOURSE.

UN BAL RUE DE JÉRUSALEM.

SATIRE,

Par J.-F. Destigny, de Caen,

AUTEUR DE LA BARTHÉLÉMIADE

ET DE LA

NÉMÉSIS INCORRUPTIBLE.

Tel qui rit vendredi, dimanche pleurera.

RACINE.

La Nuit régnait affreuse : elle étendait ses voiles
Comme un rideau de plomb sur un ciel sans étoiles ;
Et des canaux *Manby* (1) : fluide rare et lent,
L'air feu jetait à peine un reflet vacillant
Au flanc des arcenaux de la Magistrature.
La géante qui prend la Seine pour ceinture,
La fangeuse Cité, la tête dans sa main,
Préludait en ronflant au bruit du lendemain ;

(1) *Manby, Wilson et compagnie* entrepreneurs d'éclairage au moyen du gaz.

Quand soudain le bourdon, à la voix roque et sombre,
De la crête des tours qui s'effacent dans l'ombre,
Aux vents vibre onze glas sur le de dos de Paris.
L'heure propre aux mystère et funeste aux maris,
De son aîle frappant tout bronze de chapelle,
Semble jusqu'à minuit crier : « l'orchestre appelle! »
Et l'orchestre d'un bal, au silence des airs
Livre, en sons moëleux, suaves concerts.....
Ouvrir à ces accords une oreille captive,
Et, le corps étendu, la prunelle attentive,
Interroger les murs de l'entresol aux toits,
Sur ma bouce groupant l'extrémité des doigts
Pour y neutraliser jusqu'au souffle d'halaine,
Voilà mon attitude : et je vois..... Quelle haîne
A pu jusqu'à ce point rafiner son horreur ?
Dans ce règne de sang qu'on baptisa *Terreur*
Un sicaire eût frémi d'afficher tant d'ivresse
Au seuil d'une prison, et maintenant on tresse
Des guirlandes de fleurs qu'on accroche aux barreaux!
Femmes, on prête sa main à la main des bourreaux
Quand la Police forme une infernale ronde!
A vingt pas d'une Morgue, aux murmures de l'onde
Où le crime plongea tant de corps mutilés,
Où peut-être demain nos frères étalés
Garderont sur un sein qu'on n'ensevelit pas

La brèche du poignard qui poussa le trépas
Aux cadavres saignans., tombés du pont d'Arcole!
On danse, hôtel Gisquet!... A cette infâme école
Est-il, mère, permis de traîner à seize ans
Une vierge dont l'âme est ouverte aux brisans
Que l'ouragan du siècle amoncèle au rivage?
Est-il écueil secret plus perfide à son âge,
Abîme à ses vertus plus large et plus profond,
Plus vorace, en un mot, que ce gouffre sans fond
Où l'opprobre s'entasse, où pour trouver pâture
L'homme en se gangrenant dégrade sa nature?....
Non. Le bagne n'est rien : son timbre et son boulet
Ont beau ronger l'estime, un galon de valet
Des armes de police, est la dague servile
Où Gisquet a gravé ces mots : *Sergent de Ville*,
Impriment le cachet d'un plus sanglant affront!
Ils s'attaquent au cœur comme la ride au front.

Eh bien! *Peuple*, suis-moi jusqu'au fond du aepaire;
As-tu l'âme assez forte?.... On étreint la vipère,
Et, nargant son venin, on lime ses crochets,
On crève sus la dens les perfides sachets,
Où le poison fermente, et puis, on dort sans crainte;
Mais ce n'est pas le temps d'appliquer ton empreinte

A ces lambeaux d'un corps qui ne vi. déjà plus,
Pourquoi tordre tes bras en efforts supsrflus?
La poutre est dans la fange; elle doit s'y corrompre:
Et, pourri, tout ce bois est si facile à rompre!
Attends l'heure, et marchons... La tourbe est en ébats.

L'habit noir, cramoisi du ruban des combats,
Se mêle dans la foule à la gaze légère,
Ici *Mahul* s'agite et *de Schonen* digère,
Dupin crache l'écume et *Jaubert* en courroux
Frappe l'air de ses cris, le tapis de ses coups.
Misérable Jaubert! la vengence t'oppresse!
Elle a moulu tes reins, cette *maudite Presse*
Et tu veux la briser, tu veux rompre ses bras,
Qui serrent à la Cour le patron des ingrats;
De l'igoble Milieu docile Néophite
Tu vas crisper tes doigts jusqu'au front de Laffitte!
Inepte détracteur! Mais à peine des yeux
Pourrais-tu l'entrevoir; il plane dans les cieux,
Et tu rampe à terre, atôme sans poitrine,
Etranglé du licou de Maîtresse *Doctrine!*

La danse tourbillonne et les chants et les ris
Se répètent confus sur l'écho des lambris...

Arrêtez, malheureux! Au parquet de vos salles
Un tissus d'Aubusson couvre d'affreuses dalles.
L'innocent y croupit, sans vêtemens, sans air,
Les membres entaimmés de menottes de fer,
Dont le bruit, sans qu'un juge ait levé sa balance;
A seul rompu pour lui quatre mois de silence!
Il tressaille à vos pas! Et toi, préfet manchot,
Il s'indigne à ta voix dans le creux du cachot,
Car ta main a battu le rivet de sa chaîne!
Quand ta noire puissance accouple par centaine
Un peuple d'hommes forts, ardens et généreux,
Vil *Commis* parvenu, crois-tu régner par eux?
As-tu rêvé ta *Eour* à la Conciergerie?
Dépouille un sot orgueil, ou bien crains ma furie.
Elle a suivi ta trace et compté les détours
Que creusa ton intrigue, en tous lieux et toujours,
Pour arriver au faîte où trône la Fortune.
Elle a vu la mansarde où la tuile importune
Allait briser sur toi les rayons du Soleil;
La table de sapin où, dans un jour pareil,
Ta bourse pour enjeu vomissait *cinq centimes.*
Qu'il était beau ce temps! un milliers de victimes
Aujourd'hui sur ta paille étaient libres alors.
Mais Satan a pour toi fait pleuvoir des trésors,
Et tu lui veux solder sa dette de grimoire.

Le *Système* fait chair, d'exécrable mémoire,
L'apostat trépassé douze grands mois trop tard,
Casimir, dont le nom entache l'étendard
Qu'on croit, malgré le Peuple, imposer à la France,
Casimir étaya d'écus et d'espérance
Un bilan prêt, *dit-on*, à tomber de tes mains;
Puis, ton char s'engrenant dans ses âpres chemins,
Il suivit, cale au poing et l'épaule à ta roue,
Mais tu roulais moulu de fatigue et de boue,
Quand il vint te jeter la prime des mousquets
Qu'un souvenir de haine a baptisé: *Gisquet*...
Voilà les gras exploits de ta noble carrière.

Oh! tu tu ne peux rester si près de la barrière;
Le terrain de *l'émeute* engraisse des lauriers,
Il est temps de lancer tes troupeaux de limiers
Pour jusqu'au sein des forts traquer la République.
Elle arrive en tonnant dans l'arène magique
Où son pied doit broyer le *dernier* de nos rois.
Garde à vous, Nains de pourpres, affublés de nos droits!
L'abri qu'on a sapé ne tient plus sous l'orage.
Celui qui des autans sait enchaîner la rage
Et sequestrer la bile aux flancs noirs du Vengeur,
Lâche la bride aux vents, et laisse à la fureur
Un vaste champ d'attaque; il rend des jours de fête

Où les remparts des grands s'écroulent sur leur tête.....
Cent tribunaux vendus à l'encan du Pouvoir
Ont beau dans chaque arrêt remuer l'encensoir
Aux genoux lézardés de bons patrons d'argile,
L'acier fait toujours brèche et la terre fragile
Voit sauter grain à grain ses friables débris.
On peut les replâtrer, masquer leurs pans meurtris,
Mais le PROGRÈS les foule, et sous-creuse leur tombe :
Il faut que *l'Univers* ou la *Royauté* tombe !

A l'œuvre, PEUPLE, à l'œuvre ! aux refrains des tyrans
Mêlons nos chants français ; l'hymne des Conquérans
Suffirait sous le feu pour bri er leur courage !
A l'œuvre ! il faut limer les fers de l'esclavage ;
Répondre au cri de sang un cri de LIBERTÉ ;
Mais respect à nos lois ! c'est *la Légalité*
(Ces traîtres nous l'ont dit) *qui les rongeet les tue !*
Puisse-t-elle piler la couronne abattue
Comme un frêle jouet dans un mortier d'airain !
Puisse notre notre horizon, sans charrier un grain,
Qui soit à mon pays présage de tempête,
Emprisonner l'Europe et frapper de conquête
Tous valets accroupis sous des sceptres de plomb !
Puisse enfin l'avenir, sans ébranler l'aplomb
Où germent la grandeur, la paix et l'industrie,

Ceindre la vieille palme au front de ma patrie !
Ombre du Grand Soldat, nous défendrons nos droits
Contre les fers dorés de l'Empire et des Rois,
Mais, protège des cieux nos rejetons de gloire,
A nos drapeaux sacrés enchaîne la victoire,
Comme jadis au vol de ton Aigle perdu !
Le siècle que ta chûte a laissé suspendu
N'adopte que *Trois Jours* de nos dix-huit années !
Nos troupes dans les murs lâchement casernées
Dépérisent de honte et l'honneur est là bas !
Fallait-il nous FRANÇAIS, descendre un jour si bas,
Et ramper quand vingt ans nous dormîmes au faîte !...
Anathême au Pouvoir dont le bras nous arrête !
Anathème cent fois à qui, sur nos guérets,
Au nom du PEUPLE-ROI, vint plier les jarrets,
Si robustes naguère au signal de bataille !
Ces nains ont mesuré le géant à leur taille :
Eh bien ! revienne un jour l'Europe contre nous,
On verra si l'effroi tient la France à genoux !

J.-F. Destigny.

Chez PAULIN, libraire-éditeur, place de la Bourse; LEDOYEN, libraire,
Palais-Royal, galerie d'Orléans; et chez l'AUTEUR, passage du Saumon,
maison n° VI, hôtel des Étrangers

SOUSCRIPTION:

Pour 52 livraisons . . . . 40 fr.   Pour 13 id. 10
Pour 26 id. 20   Et 2 fr. de plus pour les départemens.

PARIS. — IMPRIMERIE DE AUGUSTE MIE, RUE JOQUELET, N° 9, PLACE DE LA BOURSE.

DE LA MAGISTRATURE EN 1833.

SATIRE,

Par J.-F. Desligny, de Caen,

AUTEUR DE LA BARTHELEMIADE

ET DE LA

NEMESIS INCORRUPTIBLE.

Chacun des rubans me coûte une sentence.
RACINE.

J'ai dit : *Guerre à l'abus !* cette guerre est sans trêve.
On me verra clouer au poteau de ma Grève
Le crime sous la veste ou le royal manteau.
Oui, je veux accrocher l'infâmant écriteau
Jusqu'aux fleurons scellés dans l'or d'une couronne,
Si le front qui la porte outrage la Patronne
Pour qui le PARIS-PEUPLE a combattu trois jours.
Je jure... et mon serment enchaînera toujours,

22

Car je ne suis pas, *Moi*, d'une race de *Prince*,..
Je jure, sous les crocs que le Parquet me grince,
De traîner sans merci tout esclave a l'encan
Des gradins de son trône aux tréteaux du carcan
Que le Pouvoir se dresse aux pages de l'Histoire !
Je n'ai point à rougir de mon réquisitoire;
Il est armé des droits d'un principe éternel,
Des droits d'Égalité.... Le dossier criminel
Est pesant de forfaits dès qu'on ouvre la mine,
Mais il faut la creuser.... J'arrache ici l'hermine
Qui masque de sa croûte, au Juge-Souverain,
Tous les plis caverneux d'un aride terrain,
Où le bétail de Rois a seul trouvé pâture;
Et j'assène mon poing sur la Magistrature.

Fut-il jamais fléau plus vivace et plus fort
Que ce torrent d'abus qui se roule à plein bord
Dans les flancs ténébreux du Palais de Justice?
On peut arriver sain au fond du précipice
Et surnager vivant de la tombe des flots,
Mais quand cet ouragan sort du perfide enclos
Où la main d'un *Bellart* aiguillonne sa rage,
Il n'est coffre d'airain qui ne craque à l'orage.
Le phare de Thémis, inévitable écueil,

Attire le marin dans les bras du cercueil,
Car ce qu'il croyait port est le creux d'un abîme.
Tout est là, pressuré dans le mortier du crime,
Et la vertu se tord dans le sac du bourreau;
Quoiqu'un bras généreux s'alonge du Barreau
Pour disputer au Tigre un lambeau de sa proie.
L'indépendance est morte où l'égoïsme aboie.
Dignes prêtres d'un Dieu pétri de frais limon,
Ces juges *pour jamais* attelés au timon
Fleurdelisé naguère, aujourd'hui tricolore,
Viendront jurer demain, si demain voit éclore
Le germe que leurs nœuds ont trois ans garotté,
Leur insultant hommage à cette Liberté
Que *Persil* veut appandre au charnier de leur barre!
Laquais à tout venant, immeubles de simarre;
Héritage incarné, troupeau Caméléon,
Tantôt marqué Louis, tantôt Napoléon;
C'est la lèpre du Peuple et l'instrument du Trône.

L'*Inamovible* assis sur un coussin d'aumône
Est le rempart enflé pour abriter les Rois
Contre le rude assaut du bélier de nos droits:
Mais la Foule n'est rien qu'une Cible à sentence.
On peut traquer ses fils et rompre une existence.

Où le Ciel pour éclat n'attacha que l'honneur :
Qui naquit Plébéïen n'a pas droit au bonheur!...
Oh! doctrine exécrable! infàme sacrilége!
Qui leva, dites-moi, le premier privilége
Dont les Titres du jour se pavane si grands?
Ne sommes-nous pas tous sortis des mêmes rangs,
Détrempé de même eau, dans la même poussière?
Eh bien! qui vous dora l'auréole grossière
Que votre plat orgucil veut s'incuster au front?
Le Diadème tombe, et vous gardez l'affront
Comme un signe d'opprobre au sommet de vos crânes.
Qui vous a long-temps vu crisper vos mains profanes,
Vos serres de vautour au prolétaire sein,
Peut féler votre argile en battant le tocsin
Dont la voix de tonnaire a secoué les mondes.
Pourquoi l'étreignez-vous de vos mailles immondes,
Ce PUEPLE ardent à vaincre et si beau d'avenir?
Est-ce de sa grandeur qu'on prétend le punir!
Quand Lion rugissant, à la raide crinière,
Il abatti d'un bond cette vieille barrière
Que *l'avant dernier* roi trempa de sang français,
Que ne l'arrêtiez-vous dans le feu de l'accès,
Puisque vous l'anchâînez d'une froide apathie?
Son haleine brûlait. Ah! votre âme aplatie
Ne suait que terreur! et tous, dans l'engouement,

Préférates jeter un ochet de serment,
Car il vous eût alors broyés dans sa colère !
Mais aujourd'hui, Valets, quand sa force tolère
Trente-deux mois de honte et de paix à *tons prix*,
Comment peut-on sur nous s'être à tel point mépris
Qu'on nous veuille courber aux genoux du *Système;*
Qu'on prétende éraillé sous un trait d'anathème,
Devant des tribunaux à tout Sceptre soumis,
Un drapeau dont le vent glaçait nos ennemis
De cette froide horreur que souffle la défaite !
Eh ! le Peuple est si fort ! son pied couvre le faîte
Du Louvre où la mollesse énerve nos tyrans !
Son cœur tressaille encore au mot de *Conquérans !*
Il porte enfin ce nom qui fit trembler la terre !...

Tout est donc pollué de l'or du Ministère !
La Chambre est le cloaque ouvert à ses repas,
Il mord tout et partout, on ne le retient pas;
Et sa main, des arrêts prend même la balance,
Elle entache nos lois d'une sale influence,
Elle agraffe et flétrit nos droits les plus sacrés !
Au tabernacle saint des temples consacrés
Comme un dernier refuge à la tête coupable,
On poursuit sa défense, on la presse, on l'aceable,

Et lh Vengeance est là qui ronge ses débris....
En déchirant nos seins on étrangle nos cris,
Et si pour nous sauver s'élève un seul bras d'homme,
Barthe fond en écume à crier : « Qu'on l'assomme ! (1) »
Tant au feu du Progrès fermente sa terreur...
On croit voir le Judas se dissoudre en fureur.

Rien ne sait résister aux coups de la *Doctrine* :
L'honneur épouvanté déserte la poitrine
Quand son doigt la salit d'un pouce de ruban;
Son arsenal enflé de ruses de Satan,
Pour assouvir la faim d'une vengeance avide,
Est gorgé trente fois et trente fois se vide,
A saper à sa base un imprenable fort.
Mais, si l'intégrité s'endurcit à l'effort,
Un Duboys, un Seguier qu'un vil appétit ronge,
S'acharnent, sur ses pas, à frotter de l'éponge
Tout ce qui brille encor des traces de Juillet.

(1) M. Ceyras, juge au tribunal de Tulle, est en ce moment l'objet des persécutions du pouvoir. Il est, sur l'ordre de M. le garde-des-sceaux, traduit devant la cour royale de Limoges avec demande d'interdiction de ses fonctions pendant deux ans pour avoir *avili* son caractère de magistrat en souscrivant pour les amendes de la *Tribune* et en acceptant le titre de membre de l'association corrézienne, et de correspondant de la Société *aide-toi le ciel t'aidera.*

Ils voudraient de leur griffe arracher le feuillet
Qui garde son trésor aux vainqueurs d'un autre age.
On les voit dégorger le poison de l'outrage
Snr tout flanc qui renferme un cœur républicain,
Tandis qu'infatigable, un ignoble Vulcain,
Persil, nourrit le feu de l'ardente fournaise.
Dix-huit-cent-trente-trois est leur quatre-ngt-vitreize.....

Tant qu'un Péuple n'aura pour protéger ses droits
Que des juges tombés de la faveur des Rois,
Il verra renouer les annaux de sa chaîne!...
Sa victoire a pompé tout le sang de sa veine
Quand son talon brisa le trône des Bourbons;
La cendre à peine froide étouffe les charbons,
Noirs et derniers témoins de ce vaste incendie;
La Royauté resort à moitié du tombeau
Ponr de sa main osseuse écraser le flambeau
Que la FRANCE alimente et que la PRESSE allume!
Quoi! le poignet tendu, le marteau sur l'enclume,
Un PEUPLE frémissant se dresse avec fierté
Comme prêt à crier: « Rends-moi ma liberté,
« *Doctrine* de venin qui rides mes entrailles! »
Ses pavés encor teints d'un jus de funérailles
Semble déjà sauter à la main du géant,

Et vous narguez l'horreur de ce gouffre béant
Dont chaque instant paraît élargir le cratère !
Il n'est bâillon de fer qui me contraigne à taire
Un danger qui bouillonne et jaillit de cent parts,
Puissiez-vous, engloutis sous vos frêles remparts,
Écrasés sous le Dieu de votre idolâtrie,
Décharger dès demain le sol de la Patrie,
Mais un feu plus ardent sait embraser mes vœux :
Chacun de vos éclats peut broyer nos neveux,
Et la FRANCE n'a plus trop de sang à répandre !
J'ai dû, pour mon pays, interroger la cendre
Où l'haleine du crime excite le tison ;
Je l'ai fait et mon œil errant sur l'horizon
Attendra maintenant une seconde aurore
Qui nous rende TROIS JOURS, s'il nous en reste encore !!!...

J.-F. Destigny.

Chez PAULIN, libraire-éditeur, place de la Bourse ; LEDOYEN, libraire, Palais-Royal, galerie d'Orléans ; et chez l'AUTEUR, passage du Saumon, maison n° VI, hôtel des Étrangers.

SOUSCRIPTION :

Pour 52 livraisons. . . . . 40 fr.   Pour 13 id. 10
Pour 26 id. 20   Et 2 fr. de plus pour les départemens.

On trouve la Barthélemiade chez PAULIN et chez tous les libraires du Palais-Royal. Prix : 1 fr. 50 cent.

PARIS. — IMPRIMERIE DE AUGUSTE MEI, RUE JOQUELET, N° 9, PLACE DE LA BOURSE.

LA PRESSE ET LA CHAMBRE.

SATIRE,

Par J.-F. Destigny, de Caen,

AUTEUR DE LA BARTHELEMIADE

ET DE LA

NÉMÉSIS INCORRUPTIBLE.

Index ergò cùm sedebit,
Quidquid latet apparebit,
Nil inultum remanebit!....

(PROSE DES MORTS.)

I.

Quand l'égoïsme ronge avec sa dent de chancre
    Un tronc sacré de Nation,
Quand un Nain frais pétri se meut à pas de cancre
    En bavant la corruption;

Le volcan se rallume au creux de la poitrine
    Et la bile au cratère bout,
Prête, en crachant sa lave au front de la *Doctrine*,
    A nous crier : « *Peuple, debout!*

«Ce volcan c'est *la presse!*... Oui, celle qui naguère
« broyé des gouvernemens,
« Et sa voix, comme alors, tonne ce cri de guerre :
« Pu'avez-vous fait de vos sermens !

« Je n'ai point, moi, trempé le bronze de ma lèvre
« Dans le poison de vos festins;
« Le *Syracuse* prompt du *Sauveur* de la Nièvre (1)
« N'a pas tordu mes intestins.

« Valets des royautés, quand je dresse la tête,
« Mon front est-il haut dans les airs !
« Blottis, vous grelottiez au bruit de la tempête,
« Er moi j'en darde les éclairs !

« Je suis robuste, ardente, infatigable à l'œuvre;
« Mes flancs sont gonflés d'avenir :
« J'ai le poitrail de chêne, une forte manœuvre,
« Et pour boussole... UN SOUVEEIR !

« Le prolétaire bras qui joignit ma charpente
« Me cuirassa d'un triple airain;
« Et mon talon de fer me raidit sur la pente
« Qui vous entraîne aux Fonds-Gérain (1).

(1) *Dupin aîné*, député de la Nièvre et président de la Chambre, est le chef de file d'un parti caméléon, aussi impatible que le *Sauveur* lui-même.
(2) (Gérain, caissier des fonds secrets.

« Je suis Reine des Rois, car ma vaste couronne
       « Embrasserait cent Univers;
« Car je poignarde un sein que la pourpre plastronne,
       « Avec l'hémistiche d'un vers !

« Oui, je suis reine !... et vous, accroupis dans la fange,
       « A lécher l'ange du Trésor,
« Vous, pieds et poings noués daus un sordide lange,
       « Vous osez m'insulter encor !

« Avez-vous cru, Lapons, que votre arrêt barbare
       « Étranglerait ma liberté ?
« Détrompez-vous : La France en appelle à sa barre,
       « Où viendra la Postérité !

« Vous n'êtes que la voix de l'aristocratie,
       « Et moi le cri du Peuple entier...
« Marchez !... mais gardez bien ma sombre prophétie :
       « LE GOUFFRE EST AU BOUT DU SENTIER!!! »

II.

Eh ! qu'à fait cette CHAMBRE où la bande s'engraisse
       De truffes, d'or et de repas ?
Ce qu'elle a fait ! Comptez : Une infâmante Adresse
       Et son Budget, ogre d'impôts.....

Viens, Électeur; suis-moi; j'ai la clef de son Louvre :
Franchis le seuil à petits pas.
Quand j'aurai déchiré le masque qui la couvre,
Mesure sa taille au compas !

Vois, cette Mer de fronts qui se heurte et murmure
Contre le roc du Président...
C'est *Neptune-Dupin*, cette ingratte figure ;
Cette clochette est son trident.

La vague qui se tord dans ce lit circulaire
S'endormait lasse de tracas ;
Mais *Viennet-bourrasque* a soufflé sa colère,
La houle tombe avec fracas.

Cet aquilon du Pinde a, boursoufflé de rage,
Craché ses poumons rancuniers,
Et l'effroi voit crever en ouragan d'orage
La Syrène des chiffonniers (1).

III.

Quel invisible Dieu bat l'onde politique
Avec la paume de sa main ?
Qui roule en tourbillons la fangeuse Baltique
Du noble Faubourg St.-Germain ?

(2) Personne n'ignore qu'Appollon-Viennet, député du centre, académien et *seul accusateur de la* TRIBUNE, est auteur de *Clovis*, de la *Tour de Montlhéry*, des *Mules*, etc., et d'une *Epître aux chiffonniers*. Il va même jusqu'à nous promettre une *Minerve*; mais il cherche un Vulcain qui la lui arrache de la tête.

Un Pouvoir exécré de l'Europe et du Monde,
  Système écrasé de mépris,
Qui barbota trois ans dans cette ornière immonde
  Qu'on nomme : *Une Paix à tout prix.*

Guizot, Numann et Thiers, Rigny, Soult et Barthe,
  Broglie et le traître d'Argout.
Voilà ces Myrmidons, Loups-Cerviers de la Charte,
  Qui s'intronisent dans l'égout.

Quand la Chambre, après eux, traîne à pas de tortue
  Ses faméliques escadrons,
Ah ! qui ne doit crier : *Elle se prostitue*
  Sur les traces de tels Patrons !

Le Centre est dans leurs mains un instrument servile,
  Qui nous gratte comme un rateau,
Pour jeter les épis d'une Liste Civile
  A la vermine du Château.

Mais, qu'un débris de Gloire, aux miettes de la France
  Tende, l'œil bas, son vieux schako,
Qu'il tombe défaillant de faim et de souffrance,
  Sa plainte râle sans écho.

Lorsque Paris, le sein meurtri d'*État de Siége*,
　　Mugit de sévères accens,
L'Arbitraire a son culte, et l'autel sacrilége,
　　Fume d'un judaïque encens.

L'Urne, manteau de foi, l'Arche de votre enceinte,
　　S'ouvre élastique à tout budget,
Et la Loi n'est qu'un mot, depuis qu'un âme feinte
　　L'arrache impure du creuset....

Qu'ont-ils fait du mandat qu'un scrutin téméraire
　　A jadis scellé sur leur front?
Ils l'ont, cambrés au seuil du Ministère,
　　Sali d'un éternel affront!

Reine de l'univers, que ta face est flétrie!....
　　Ouvre la porte à deux battans,
Entre vite et réponds, trop crédule Patrie,
　　Sont-ce là tes Représentans?....

IV.

Les verreux du Sénat trépignent de vengeance
　　Aux foudre de la Vérité....
Non, ils bondissent d'aise; un vote de jactance
　　Décrète leur *Virginité!*

Leur poitrine était sale, elle a senti l'injure
     Tomber comme un coup de marteau ;
Mais ils n'ont su prouver que la CHAMBRE était pure
     Qu'en la drapant de leur manteau.

Délire de mourant ! Au grabat d'agonie
     Pourquoi tordre ainsi les bras !
Endormez-vous en paix, votre course est finie,
     Et le cœur vomit les ingrats.

La honte sur vos seins a traîné son phosphore,
     L'éponge inocule ses feux ;
Et l'opprobre a déjà pénétré pore à pore
     Jusqu'aux replis d'un flanc poudreux !

Vous avez beau laver, la tâche est éternelle,
     Nos fils la frotteront des doigts,
Et vous incarneront l'époque solennelle
     Où le PEUPLE a repris ses droits.

V.

Les Élus des tyrans se creusent un abîme,
     En écrasant tous leurs flambeaux ;
Courage ! le PROGRÈS trimphera du crime :
     Il grandira sur ses tombeaux.

La République roule un fleuve intarissable
Dont la mâle Prospérité
Fécondera des champs qu'ils ont semés de sable
Pour affamer la Liberté.

La Foule aura demain son scrutin et son vote,
Mais ses formidables arrêts
N'ébrècheront alors que cette masse ilote
Qui dévore nos intérêts.

La Gloire nous rendra l'honneur et la puissance
Au pinacle des sommités,
En cramponnant la paix, la force et l'abondance
Sur les débris des Royautés !!!.....

J.-F. Destigny.

Chez PAULIN, libraire-éditeur, place de la Bourse; LEDOYEN, libraire, Palais-Royal, galerie d'Orléans; et chez l'AUTEUR, passage du Saumon, maison n° VI, hôtel des Étrangers.

SOUSCRIPTION:

Pour	52 livraisons.	40 fr.	Pour 13 id.	10
Pour	26 id.	20	Et 2 fr. de plus pour les départemens.	

PARIS. — IMPRIMERIE DE AUGUSTE MIE, RUE JOQUELET, N° 9, PLACE DE LA BOURSE.

LES DEUX ANNIVERSAIRES.*

SATIRE,

Par J.-F. Destigny, de Caen,

AUTEUR DE LA BARTHELEMIADE

ET DE LA

NEMÉSIS INCORRUPTIBLE.

Sua cuique....

Comme on vénère un saint on en chôme la fête.

PROVERBE.

Au Roi.

Toi que la France a vu s'installer à sa crête,

PHILIPPE D'ORLÉANS, un vieux masque de fête

Attaché sur Paris, comme un lambeau doré,

De la main des valets des hôtels de Grenelle **,

Emousse-t-il encor les traits de ta prunelle

Au point de te croire *adoré ?*....

* 1er *Mai* : fête de Louis-Philippe. — 5 *Mai* : anniversaire de la mort de NAPOLÉON.
** C'est dans la rue de Grenelle-Saint-Germain que se trouvent les ministères de l'intérieur et des travaux publics, arsenaux obligés des réjouissances *dites* nationales.

24

Non.... mais ton front plaqué d'un clinquant de couronne
A t-il, dans ce Palais que la tourbe environne,
Senti le froid mordant qui fait craquer les cœurs?
L'oreille a-t-elle pris aux lèvres de la Foule
Des mots qu'avec effroi *Ta Majesté* se roule
    Dans un intermède des *chœurs*?

As-tu compris enfin cette voix du silence,
Plus horrible d'effets que des cris de vengeance,
Plus formidable aux Rois qu'un branle de tocsin?
Cette voix qu'un *Persil* galvanisé de haine
Jamais n'étranglera d'un licou de sa chaîne,
    Et qui pénètre dans le sein !....

Irréfragable arrêt gravé sans caractère,
Calme suant l'horreur, inscrutables mystères,
Nuage enflé de mort et foudre sans éclairs,
C'est le mutisme affreux qui précède l'orage,
Un ouragan assis à rétremper sa rage
    Pour demain balayer les airs !

Contre moi tes Parquets vont rugir : Anathême !
Je me pressens déjà pour un nouveau baptême
Entraîner au Jourdain où j'ai plongé deux fois....
Vain obstacle ! je veux dans le feu qui m'emporte

Franchir tes cent remparts et frapper à ta porte ,
Au nom du MAÎTRE et de ses droits !

Ce MAÎTRE c'est le PEUPLE ! instrument de victoire ,
Qui , quand ton *royal* nom vint fermer son histoire ,
Toujours crédule et grand , ne l'a point effacé !
Maître qu'on vit user trente mois de souffrance
Aux seuils de cette Cour où s'engloutit sa France
Dans les abîmes du Passé !

Il proteste aujourd'hui !... sa voix n'est pas tonnante ,
Il ne se grandit pas cuirassé , d'épouvante ,
Comme un vil tyranneau , sur des crânes humains :
Quand l'ennemi bataille au grabat d'agonie ,
Qu'il peut le poignarder d'un regard d'ironie
Ses pavés lui tombent des mains.

Il proteste..... ma Lyre est l'écho de sa plainte ,
Et je porte ses cris , sans l'ombre de la crainte ,
Au trône où t'a jeté l'écume des Trois-Jours....
L'air est feu , le ciel noir et ma bile bouillonne ;
Il n'est pas de faveurs dont le frein me baillonne ,
Je fuis le râtelier des Cours.

L'opprobre a , par torrents , débordé la *Doctrine* ,
Et le souffle empesté qui fume à sa narine

Est pour qui le respire un perfide levain.
Tu vis de son haleine : aux plis de tes entrailles
Circule ce poison , germe de funérailles
    Qui pullule comme un couvain !

Tu marches sur le gouffre où dort la Race aînée !
Le salpètre vengeur qui serpente en traînée
Se perd où le Système enracine tes pas.
C'est que la mine est là , vois-tu , BOURBON , prends garde !
On est mal abrité quand on a qu'une Garde
    Passible d'or et de trépas !

J'ai lu ton horoscope au front de la Géante
Qui flottait dédaigneuse et la bouche béante
Aux dalles des salons où baillait la splendeur ;
J'ai , malgré des Gisquets ignoblement serviles ,
Demandé d'un coup d'œil à la Reine des villes
    Le juste poids de ta grandeur....

Ton grand juge , Paris , m'a prêté sa balance,
Et , prenant du regard cette lourde indolence ,
Qui puait le dégoût d'un plaisir aprêté ,
Je l'ai , poète intègre , à l'épreuve soumise ;
Allégresse pour poids , et j'ai prédit ta crise
    En voyant ce poids emporté !

On aurait beau gager des gosiers mercénaires,
Chantres de tous lutrins, cabales doctrinaires,
Pour singer des transports dignes du grand *Sujet*,
Leurs vains croassemens s'abîment dans le vide
Et chaque son tombé de leur poitrine avide
    Garde le timbre du Budjet.

Tout mirage s'éteint ! un horizon de sable
Emprisonne à jamais ton éclat périssable
Dans un cercle fermé de nains agonisans ;
Car l'ivresse qu'on plâtre aux visages sinistres
Des huit mangeurs d'impôts qu'on appelle Ministres
    N'est rien qu'un fard de courtisans.

Le mal cent fois triplé, de racine et de graine,
Ulcère tes genoux de sa large gangrène ;
Il est temps de trancher par d'extêrmes efforts
Cette corruption qui tordrait la chair vive :
Si tu veux, d'ORLÉANS, que ta Royauté vive,
    Arrache tes membres du Corps !....

(5 MAI).

Aux Vétérans de la Grande-Armée.

L'Univers las du poids dont l'écrasait l'Empire
Halctait.... l'Aigle tombe : et le Monde respire !

Mais le Ciel du soldat a perdu sa clarté,
Son vieux front, dans ces murs dont l'habit le protège,
Ne voit plus l'Astre saint venir fondre la neige
      Qu'y sème la Caducité !

Dix-sept hivers de rouille ont pu ronger ses armes !
Quelques membres épars, son grand nom et des larmes,
Voilà tout ce qui reste à la Victoire en deuil !
L'Océan pour tombeau dut lui prêter sa plaine,
Pour suprême chevet l'île de Saint-Hélène,
      Et ses vastes flots pour linceuil !

Mais aujourd'hui que l'Homme est en grain de poussière,
Aujourd'hui qu'il suffit de sa nappe de pierre
Pour enchaîner au tertre un rival des Titans ;
Celle qui fut esclave et qui, veuve, pardonne,
La France attend ses os pour sceller sa Colonne
      Contre la secousse des Temps !

Les Rois trembleraient-ils jusque devant la cendre
Du Dieu que mille bras ont eu peine à descendre,
Au jour de nos revers, de son trône d'airain ?
Craindrait-on, s'il dormait couché sous ses quatre Aigles,
Que le sol n'allumât, affranchi de ses règles,
      Un grand Vésuve souterrain !

Qui proscrit ce *tyran* dont l'Europe était fière ?
Est-ce le bras anglais qui cramponne sa bière
Dans cet indigne roc où sa foi l'a plongé ?
Le marteau des Bourbons a pilé sa statue,
Et le Sort trituré sa puissance abattue,
      Quand se croira-t-il donc vengé ?

Il est vrai qu'il traîna par un lien de gloire
Nos pères au Kremlin, du Kremlin à la Loire,
Où Fortune et Succès tout tombra d'un seul bond ;
Mais il ne respirait qu'amour de la Patrie :
Eh ! ces nains dont le joug l'a trente mois meurtrie,
      Savez-vous bien ce qu'ils en font ?

Ils vendent ses drapeaux à l'encan des Puissances !
Ils souffrent le Cosaque ébrècher de ses lances
Les poitrines d'un Peuple étreint de cruauté ?
Plats à Constantinople, en Pologne, en Bgelique,
En Romagne et partout !... Ils n'ont d'âme énergique
      Qu'a torturer la LIBERTÉ.

Si jamais irrité d'une cruelle attente
Paris se dresse fort comme en dix-huit cent trente
Et, s'entassant debout, à trois pas du canon,
S'il brandit sur vos fronts glaive et réquisitoire

Que viendrez-vous répondre à ce dernier prétoire,
        Vous tous qui dégradez son nom ?....

Vous marchez sur l'orteil du Lion populaire
Et vous ne tremblez pas d'embraser sa colère ;
Voyez, sa rage bout, vermisseaux imprudens,
Son large dos se ride, il sort de sa tannière,
Et, secouant aux cieux sa pesante crinière,
        Il roule de grands yeux ardens.

Plus terrible qu'un bloc qui bondit et ravage,
Des pics perdus du mont jusqu'au creux du rivage,
Ecrasant pèle mêle, hommes, troncs et débris,
Le vengeur emporté sur la pente rapide
Ira peut-être enfin broyer tout sein perfide
        Au fond des plus secrets abris !!!....

                                    J.-J. Destigny.

Chez PAULIN, libraire-éditeur, place de la Bourse ; LEDOYEN, libraire,
Palais-Royal, galerie d'Orléans ; et chez l'AUTEUR, passage du Saumon,
maison n° VI, hôtel des Étrangers.

SOUSCRIPTION :

Pour   52 livraisons. . . . . . . 40 fr.   Pour   13   id. 10
Pour   26   id. 20   Et 2 fr. de plus pour les départemens.

On trouve *la Barthélemiade* chez PAULIN et chez tous les libraires du
Palais-Royal. Prix : 1 fr. 50 cent.

PARIS. — IMPRIMERIE DE AUGUSTE MIE, RUE JOQUELLET, N° 9, PLACE DE LA BOURSE.

UNE PROPHÉTIE.

SATIRE,

Par J.F. Destigny, de Caen,

AUTEUR DE LA BARTHÉLEMIADE

ET DE LA

NÉMÉSIS INCORRUPTIBLE.

« Post certas hiemes uret Achicus
« Ignis Iliacas domos !....»
HORACE.

A tous les Rois

Voyez ce Dieu du Monde, un pied sur le Néant,
Et soulevant du front le berceau des tempêtes,
Il enveloppe tout dans ses vastes conquêtes,
Vous, Myrmidons du sceptre, et toi, Peuple-Géant,
Comme un torrent d'orage, il déracine, roule,
Et jette au vieux chaos les trônes en débris ;
Le fracas de son cours crévasse vos abris,
    Il passe, et la Royauté coule !

25

Cet invincible flot, qu'on appelle PROGRÈS,
N'est jamais enchaîné des réseaux de l'intrigue :
Il s'élance, il écrase, il emporte sa digue,
Et franchit d'un seul bond tous les Rois en congrès !
Il tonnera demain, bouillant comme une lave
Qui ruisselle des flancs d'un Vésuve en courroux,
Et l'EUROPE saura secouer ses verroux :
      Elle est si lasse d'être esclave !

Alors, qui, pour abattre un ennemi puissant,
N'accourait dans l'arène aux cris de sa Patrie !
Qui n'ouvrirait au fer sa poitrine meurtrie,
Si c'est du sang qu'il faut pour étancher le sang !...
Oui, si j'en crois le feu d'une âme transportée,
La FRANCE, gravissant le Caucase des Cours,
Doit enfin étrangler le dernier des Vautours
      Gras de son sein de Prométhée !

Le feu du désespoir pétille au grand foyer
D'où le bras des *Trois-Jours* sut arracher sa foudre ;
Cent mille poings sont prêts à vous réduire en poudre,
Et l'orteil d'un enfant suffit pour vous broyer !
C'est pour vous, mannequins, que le brasier s'allume,
Excité par le vent des soufflets du Châtaeu ;
Chacun de vos forfaits nous apporte un marteau,
      Et Paris a gardé l'enclume !

Vos remparts crénelés, ces ceintures de forts,
Qu'un vain prétexte emprunte à la CHAMBRE SERVILE ,
Sont des lacs de tyrans pour étreindre la Ville
Dont les pavés en grêle ont servi nos efforts.
Que vos *Centres*, pressoirs du Peuple tributaire,
Jettent ce vote infâme à l'hydre du scrutin,
Il ne nous restera que la mort pour destin ,
        Si l'on ne frappe l'Arbitraire!

Quand le Sénat, docile à tripler nos impôts,
Aura, traînant sur nous ses grandes mains livides,
Enfourné deux moissons dans vos granges avides,
La LIBERTÉ verra torturer son repos :
Et, votre effroi forgeant des bâillons à la Presse,
L'*Ordonnance* viendra nous poignarder au cœur !..
Bravo ! Mais, gardez-bien d'irriter le Vainqueur;
        Il sait écraser qui l'oppresse!...

Le vaste fort du Ham est ouvert au Judas
Que la soif de deniers a fait vendre son *Maître*;
Le temps est un creuset qui nous le fait connaître,
Et le remords un vers qui ronge et n'éteint pas....
Gorgez, traîtres, gorgez votre bande asservie
Des lambeaux de substances arrachés à nos droits ;
L'Avenir peut, armé de ses carcans étroits ,
        Demain enchaîner votre vie !

J'entends déjà gronder la vague du Faubourg
Comme au premier matin de la Grande-Semaine !
Connais-tu, d'ORLÉANS, cette route qui mène
Un Monarque chassé de Paris à Cherbourg ?...
Si jamais courtisan nous trame l'esclavage,
Avant de lui prêter *l'inviolable* sceau ,
Détourne alors tes yeux , regarde le vaisseau
      Qui prend *le Parjure* au rivage !

Le rapace Holirood ouvrirait son palais
Au dernier rejeton de ta *puissante* race
Aussitôt que notre œil te prendrait sur la trace
Du crime qui rendit Charles X à l'Anglais :
Mais ni plomb *d'assassin,* ni triangle de Grève ,
N'entamera ce front aujourd'hui couronné,
Car un roi ne vaut pas, dès qu'il est détrôné,
      La peine qu'un bourreau l'achève.

Cramponnés au Pouvoir, des sectaires ingrats
Ont à peine attendu l'aube de ta puissance
Pour écrouer tes pieds dans la *Sainte-Alliance,*
Et nous tous dégrader par de sales contrats !
Qu'ils triomphent ! DIX MOIS ne verront plus leur fête
Insulter aux débris de ta vieille splendeur,
Trop malheureuse FRANCE ! Et, forts de ta grandeur,
      Nos bras auront pilé leur tête !

Dix mois d'opprobre! et puis, j'en atteste les fers
Dont j'irai DANS TROIS JOUR tramper mon énergie,
Comme d'une Hippocrêne, à *Sainte Pélagie*;
Dix mois et la *Doctrine* ira droit aux Enfers!
Trente Peuples debout, à notre appel magique,
Enlaceront, pour nous, d'impénétrables rangs,
Et l'Univers en feu sous leurs pas conquérants
    Enfantera la RÉPUBLIQUE!

RÉPUBLIQUE! A ce mot que le guerrier français
Relève avec fierté ses paupières humides
C'est le nom qu'il gravait au front des Pyramides
Quand l'HOMME qui n'est plus l'instruisit aux succès.
RÉPUBLIQUE, salut!... Ah! du cristal de l'onde
Tu surgis, comme un port, au ponton fracassé!
Que ta base en fermant les gouffres du Passé
    Garde à jamais l'ancre du Monde!...

Ce n'est pas l'échafaud que rappellent mes vœux,
Détracteurs impudens à remuer la crainte,
C'est un règne lavé de sa hideuse empreinte;
Règne tissu d'honneur!... Voilà ce que je veux!
Voilà ce qu'on baptise: *Un perfide mystère*!...
Bonheur et paix à tous, robuste LIBERTÉ,
Vierge de tout excès!... Est-ce une *atrocité*
    Qu'on veut *imposer* à la Terre?...

L'Égoïsme des grand n'aura plus où ronger
Des faveurs, des cordons, des emplois ou des titres :
Nos budjets à clef d'or, amaigris par chapitres,
Laisseront à la Faim son pain noir à manger.
Si, courbé trop longtemps sous un joug sacrilége,
La Foule traîne aux pieds un regard abattu,
L'Égalité viendra rallumer sa vertu
      Sur la tombe du Privilège!

Aurore cent fois lente à nous ouvrir ce jour
Que l'Europe à genoux attend comme un Messie,
Du Cadavre vivant dégourdis l'inertie,
Pour qu'il bondisse alerte à la voix du tambour :
Lave son crâne blanc des pleurs d'une rosée
Qui filtre la vigueur aux fibres de ses chairs;
Ses poings vont se raidir et semer dans les airs
      Les mailles de sa chaîne usée!

Ecoutez bien, tyrans, l'irréfrayable arrêt
Dont les mots de tonnerre ont fêlé la couronne :
  « Les cuirasses d'acier dont la peur se plastronne
  « Aux poitrines des Rois, sont un fragile têt;
  « Un grand tribunal veut en balayer l'engeanee,
  « Le tribunal du Peuple, il vaut celui de Dieu :
  « Je vous cite à sa barre et vous y laisse... adieu !
      « Car il trépigne de vengeance!... »

Il fut jadis crédule et vous l'avez trompé,
Sa foi n'a plus d'oreille à vos promesses vaines,
Il ne voit que le sang qui déchire ses veines,
En sifflant : « guerre au corps dont le bras m'a frappé ! »
De tout palais il veut la dernière hécatombe,
Le charbon se ravive au soufle des partis,
Et pour bien étouffer des feux mal amortis,
    Il faut que la fournaise tombe.

Non, rien n'effacera l'anathême du Sort
Dont la main populaire a chargé vos murailles,
Ce stygmate éternel, en rouillant vos entrailles,
Trace en traits pénetrans vos sentences de mort !
Une secrète horreur s'ingère dans votre âme,
Insensé Balthazards ! la griffe du destin
Sait de vos tristes jours, dans les bras d'un festin,
    fil à fil arracher la trâme !

Eh ! quoi ! vous prétendez résister à nos coups ;
Ne sont-il pas du crime un trop juste salaire !
Un Dieu l'a décreté, dans sa rouge colère,
  « Le Progrès doit un jour vous exterminer tous,
  « Son aîle d'ouragan déraciner le trône
  « Et jetter en haillons sous un ciel inconnu,
  « La pourpre dont jadis un Monarque tout nu
    « Reçut l'*usufruit* en aumône !... »

LE MOIS DE PRISON.

Le Tigre en se vautrant au creux des arcenaux,
Où le ver du mépris suit la Magistrature,
A choisi cette fois *Némésis* pour pâture;
Un sicaire apparaît! et rompant mes travaux :
De par le Roi, dit-il, POÈTE, sans ressource
On va rogner pour toi le drap de l'horizon,
Tu nous dois, bien compté, trente jours de prison :
PHILIPPE y tient comme à sa bourse....

Comme à sa bourse? — Et plus! — J'obéis au Parquet,
Bon Sicaire, et bientôt... — Bientôt n'est pas un terme :
Il faut nous préciser d'une voix claire et ferme
Le jour, l'heure et l'instant, ou sinon un Gisquet!..
Beau Sicaire! mon cœur bondit au mot Police....
Mais jusqu'à Mercredi ne peux-tu donc surseoir?
— Eh, bien! va pour le *quinze*! à quatre heures du soir,
Devant le Palais de Justice!

J.-F. Destigny.

Chez PAULIN, libraire-éditeur, place de la Bourse; LEDOYEN, libraire,
Palais-Royal, galerie d'Orléans; et chez l'AUTEUR, passage du Saumon,
maison n° VI, hôtel des Étrangers.

SOUSCRIPTION:

Pour	52 livraisons.......	40 fr.	Pour	13 id.......... 10
Pour	26 id.,.,.	20		Et 2 fr. de plus pour les départemens.

On trouve *la Barthélemiade* chez PAULIN et chez tous les libraires du
Palais-Royal. Prix : 1 fr. 50 cent.

A MES SOUSCRIPTEURS.

SATIRE,

Par J.-F. Destigny, de Caen,

AUTEUR DE LA BARTHELEMIADE

ET DE LA

NÉMÉSIS INCORRUPTIBLE.

—————✦—————

L'illustre BÉRANGER, libre sous les barreaux,
Par des chants corrosifs réveillait ses bourreaux ;
Sous le pied du tyran il le blessait encore !
BARTHÉLEMIADE.

Sainte-Pélagie.

Mon front, depuis trois jours, étreint sous les verroux,
FRÈRES, n'a rien perdu de sa chaleur passée.
Persil à tort prétend écrouer ma pensée,
Le souffle de sa rage embrase mon courroux :
Ma verve est le volcan qui gronde sous la terre,
Les murs de ma prison irritent ses efforts
Et les vers vont couler de mes brûlans transports
    Comme des laves d'un cratère.

A ce pale rayon qui tombe des barreaux
Comme un dernier reflet d'une veilleuse éteinte,
Mon regard de poète a déchiffré l'empreinte
Que le pied du Malheur scella sur mes carreaux ;
Aux pans des murs, cent noms rappellent cent victimes
Que rongea le tyran dans sa voracité ;
Tout est suant d'horreurs ! et j'ai la liberté
De sonner un beffroi de rimes ! *

Je puis combattre encore et n'arracherais pas
De tout crâne doré le masque qui le couvre,
Et le bruit de mes fers n'irait pas jusqu'au Louvre
Assourdir un PARJURE affamé de trépas !
Eh ! présentez donc mieux où peut aller ma haine ;
Je suis pétri de bile, et j'exècre les Rois !
Pour les abattre tous, je souffrirais, je crois,
Qu'un froid acier tarît ma veine !

J'ai consacré ma plume à traquer les forfaits
Du *Système* effronté qui dévore la FRANCE ;
Rien ne peut m'écraser ni faveur ni souffrance
Et le poids de ma chaine endurcira mes traits....
Dans le creux d'un cachot j'ai trouvé le Permesse,
Il est gros de satire, et j'y plonge ma foi,
Car j'en ai fait serment,..... et l'on ne m'a vu, Moi,
Jamais *Philippe* à ma promesse !

Que mon bras s'affermisse à pressurer les reins,
A déchirer les flancs de l'Hydre à face humaine
Qui sortit des pavés de la Grande-Semaine,
Et ma Muse en fureur saura broyer ses freins.
Intrépide Soldat de la vaste bannière
Dont les cent plis viendront ombrager l'Univers,
J'ébrécherai le trône et ses valets pervers
      Seront tordus sous ma lanière.

Jusqu'au temps d'étrangler tous ces frélons de Cour
Que l'Abeille a gorgés du fruit de ses entrailles,
Il faut à coups fréquens crevasser leurs murailles
Et saper leurs donjons pour les raser un jour.
Harcelant dans ses trous cette ingrate vermine
Qui s'engraisse du Peuple à l'auge des impôts,
Je veux, infatigable à rompre son repos,
      Traîner ma torche sur la mine.

Un traître altéré d'or a dégradé son front :
Le jeu monnoya tout, honneur, gloire et Patrie !
Son nom seul dit : opprobre, et sa palme flétrie
S'incruste dans ses chairs comme un cachet d'affront...
Barthélemy vendu n'a plus rien qui m'arrête ;
Il était à ma Verve un obstacle incarné,
Mais sa chute creusa l'arène où je suis né :
      Il rampe et je dresse la tête !

Son talent n'offre plus qu'un grand astre éclipsé
Dont l'opaque *Doctrine* émousse la lumière ;
Et son char de triomphe, englouti dans l'ornière,
Est là comme une digue aux rayons du Passé.
Son éclat radieux vacille imperceptible ;
Lui, robuste naguère, un bras d'or l'a rompu ;
Je suis faible, mais, quand le Chêne est corrompu,
    L'humble Buis reste *incorruptible !*

Incorruptible ! AMIS, j'ai droit de m'en targuer ;
Malgré le sale exemple émané d'un infâme,
Il est un feu d'amour qui pétille dans l'âme,
Et contre lui les Rois pourraient tous se liguer.
C'est un feu dévorant plus nerveux que la poudre ;
Un feu qui galvanise et retrempe le cœur ;
C'est l'amour du Pays, l'appétit du Vainqueur...
    En trois mots, FRÈRES, c'est la foudre !

Cet amour est en moi si brûlant, si profond,
Qu'il me peut seul verser le principe et la vie ;
Sa puissance m'absorbe et m'interdit l'envie
De poursuivre un laurier que les cabales font.
Libre des passions dont la foule importune
Sut enchaîner l'esclave arraché de nos bras,
Je ne forme qu'un vœu, la perte des ingrats,
    Et je méprise la Fortune.

On me verra constant m'acharner à l'assaut
Des tyrans que l'intrigue enivre de nos larmes,
J'entammerai leur sein du tranchant de mes armes
En poussant le PROGRÈS à les franchir d'un saut ;
Et, m'attaquant de front à la *Vierge* impudique
Qui trafique de honte et court pour un cordon
Prodiguer ses faveurs dans le Palais-Bourbon,
   Je bâtirai la RÉPUBLIQUE !

Quand j'aurai douze mois épluché le fumier
Où dort la valetaille aux genoux du Monarque,
Nul port n'aura d'amarre à cramponner ma barque
Et mon front restera cuirassé du cimier.
Je reviendrai plus fort dans cette immense arène
Où le PEUPLE indigné se débat sous les rois,
Et mon glaive endurci tranchera les parois
   D'un cœur déja vert de gangrène !

Ces Lapons que l'on vit, Ministres impotens,
Trente mois à genoux devant une Angleterre,
Énerver le Géant qui fatigue la Terre,
Et le vénal troupeau de nos Représentans,
Et ces Pairs encroûtés en Sénat de Momies
Que cinq Gouvernemens ont payés à l'encan...
Je veux les clouer tous au poteau du carcan
   En remuant leurs infamies !

Électrise mon sein, ô mâle LIBERTÉ!
Plonge un regard de feu dans ma poitrine ardente,
Et je vais évoquer tout cet Enfer du Dante
Affamé de vengeance et chaud d'atrocité!
Que ses noirs arcenaux dégorgent leurs familles
Contre l'ignoble essaim de nos Judas brodés,
Qu'ils arrachent le sceptre à ces bourreaux fardés,
      Et traînent la pourpre en guenilles!

Ah! si la Foule eût su dans le suprême instant
Où ses coups de tonnerre ont fait craquer le trône....
Si Paris eût prévu la parade d'Ancône
Et sa force enchaînée au rôle d'assistant!
Le PEUPLE aurait laché la bride à sa colère,
Et, tendant son grand bras aux modernes Romains,
Il tiendrait aujourd'hui l'Europe dans ses mains!...
      Quand le Polonais est sans mère!!!...

A qui vit dérouler ce long tissu d'horreurs
Le sang ne bout-il pas comme un soleil d'orage?
A-t-on pu dans ses flancs emprisonner sa rage
Et cacher sous la cendre un brasier de fureurs?
Oh! mon cœur est brisé! c'est le grain sous la pierre
Emporté par son vol et moulu de ses dents!
La FRANCE dort esclave!... Eh! tremblez, imprudens,
      Elle soulève la paupière!

Nous sortirons enfin de cet affreux tombeau
Où le Globe a roulé trente mois d'agonie;
Qu'on s'éveille en sursaut, la torture est finie,
Car le Progrès sur tous promène son flambeau!
L'étendard de Juillet, sale de protocoles,
Rajeunira demain ses couleurs au canon;
Le Conquérant n'attend pour reprendre son nom,
      Qu'un poing qui rompe ses bricoles.

Souviens-toi, quand ton bras aura brisé les nœuds
Qui serrent tes jarrets comme une étroite entrave,
Peuple-Grand, souviens-toi que tu devins esclave
En servant d'un perfide et l'orgueil et les vœux!
Sur ses débris fumans installe ta puissance,
Elle ira d'âge en âge à l'immortalité;
Paix alors dans la gloire, honneur, prospérité
      Seront des fruits d'indépendance!

Nos fils ne verront plus, abattus de mépris,
Le Cosaque en passant nous cracher au visage;
Nous aurons secoué le joug de l'esclavage,
Et blanchi nos talons d'une paix à tout prix.
Nous règnerons d'amour sur les têtes humaines
Que nos soins garderont du fardeau des revers,
Et dans un siècle, Amis, il faudra l'Univers
      Pour embrasser tous nos domaines!

O vous, dont l'âme s'ouvre à l'essor généreux
Qui nous porte au bonheur comme un aigle rapide,
Abritez ma jeunesse à l'ombre d'une égide,
Je raidirai mes pas sur un sol dangereux!
Vos piliers sont ma force, et comme la statue
Dont le poids écrasant enfonce le terrain,
Si vous n'étiez ma base, on verrait mon airain,
   Masse forte mais abattue!

J'ai couru six grands mois dans ces âpres sentiers
Où grèlent de cent parts les coups de l'Arbitraire;
Emporté que je suis par un vol téméraire,
J'ai su narguer bourreaux, fers, pilons et mortiers.
Chaque point de ma trame est tout à ma Patrie;
Un tigre de Parquet peut effiler mes jours,
J'userai s'il le faut à combattre toujours
   Ma tête indignement meurtrie!!....

       J.-F. Destigny.

Chez PAULIN, libraire-éditeur, place de la Bourse; LEDOYEN, libraire, Palais-Royal, galerie d'Orléans; et chez l'AUTEUR, passage du Saumon, maison n° VI, hôtel des Étrangers.

SOUSCRIPTION:

| Pour | 52 livraisons | 40 fr. | Pour | 13 | id. | 10 |
| Pour | 26 | id. | 20 | | Et 2 fr. de plus pour les départemens. | |

On trouve la Barthélemiade chez PAULIN et chez tous les libraires du Palais-Royal. Prix: 1 fr. 50 cent.

PARIS. — IMPRIMERIE DE AUGUSTE MIE, RUE JOQUELET, N° 9, PLACE DE LA BOURSE.

L'ABDICATION ET LE DUEL.

SATIRE,

Par J.-F. Destrigny, de Caen,

AUTEUR DE LA BARTHÉLEMIADE

ET DE LA

NÉMÉSIS INCORRUPTIBLE.

Improborum, improba soboles.

PHOEDRI.

Tel père tel fils.

TRADUCT. LIBRE.

Sainte-Pélagie.

La peste est toujours peste.... et tout Porte-couronne,
Armé d'un sceptre d'or que l'intrigue lui donne,
Ou graissé de *saint-chrême* au signe de la Croix,
N'est autre qu'un maillon d'une chaîne de rois.
Parasite mordant du Peuple tributaire,
Il cramponne à nos flancs sa trompe héréditaire,
S'abreuve comme un ogre aux veines du troupeau,
Et renaît dans ses fils pour nous tordre la peau.

27

C'est l'éternel rongeur de toutes les conquêtes,
Une hydre qu'on n'abat qu'en lui tranchant sept têtes ;
Un monstre ivre de sang, au carnage acharné;
Pour le peindre en deux mots, l'Égoïsme incarné
Qui n'a jamais sué qu'ingratitude amère,
Et qui pour un lingot éventrerait sa mère!
Voilà la Royauté!... PHILIPPE et ROSOLIN,
CHARLES vomi de France et l'*Auguste Orphelin*,
Tous quatre, nains brodés, dont l'engeance fourmille,
Au trône sont, pour moi, de la même famille.
Eh! qu'importe le nom du reptile qui mord?
Si le venin qu'il crache est un levain de mort
Que ne l'écrasons-nous du pied contre la terre!
Non : la Justice, un doigt tendu vers l'Angleterre,
Attend l'instant écrit au livre du Destin.
Holirood est là bas!.... Le royal intestin
Où s'engouffrent nos droits mâchés par l'esclavage,
Ira pourrir demain aux gorges du rivage,
Botany-bey français plus affreux qu'un trépas.
Qu'un tyran se parjure on ne l'écrase pas,
On le jette à la mer, qui ne garde la trace
Du chêne qui la fend, ni du roi qui la passe.....

Quand l'intrigue, aux *Trois-Jours* que le Peuple avait faits,
Vint ramasser un sceptre entaché de forfaits,
L'abriter de sermens, greffer sa Monarchie,
Comme un grand joug de plomb sur l'Europe affranchie,

Nous étreindre de nœuds et tarir nos trésors,
La Foule qui tolère était crédule alors;
Son regard fasciné d'un perfide mirage
Vit le manteau du tigre et ne vit pas sa rage.
Le traître s'enfermait dans un masque si fin!
Nouveau singe accroupi sur les reins du dauphin,
Pour s'arracher aux flots de la Ville orageuse,
Il cria: République! et la vague fougueuse
Enchaîna la vengeance et s'ouvrit à l'effort
Qui, déchirant son sein, le chariait au port;
Car LAFFITTE, en sauvant ce qu'il croyait UN HOMME,
Emportait au pavois un INGRAT qui l'assomme!!!
Et l'on parle aujourd'hui, pour *un Duc d'Orléans*,
D'abdiquer la Puissance! Oh! Peuple de géans,
L'opprobre a-t-il assez dans une rouille infâme
Rongé tous les ressorts qui tendent ta grande âme,
Pour qu'un sceptre arraché, sceptre qui t'appartient,
Tombe là, devant toi, de la main qui le tient
Dans la main d'un *Bourbon* qu'on a traité de *lâche!*
Et peux-tu croire un front assez fort pour la tâche
D'éterniser ton nom, ta gloire, ton bonheur,
Quand il a sans rougir porté le déshonneur!!!

Le *Conquérant* d'Anvers, se drapant de sa gloire,
Donnait trève d'exploits au burin de l'Histoire,
Et Londres la superbe étalait sa splendeur
Sous les vastes lambris d'un hôte ambassadeur

Qui s'énorgueillissait du *Roi de la Galope* ;
Les neveux du SOLDAT qui secoua l'Europe
Étaient là , se roulant dans un fleuve d'ébats,
Insoucieux du nom de ce Nain des combats ;
Quand il vint , boursoufflé d'un accès de jactance,
Déployer aux regards sa chétive importance ,
Et bégayer contre eux : « *Petits sots parvenus !* »
Ces Guerriers à couronne ont dressé leurs fronts nus
Comme des pics brûlans où gronde la tempête ;
L'éclair de leurs grands yeux a sillonné la tête
De ce Monarque en graine, imbécille , poltron,
Qu'on veut sur notre autel ériger en patron ,
Et ce *lâche* a tremblé comme un veau qu'on égorge :
Il n'a su que vomir la bile à pleine gorge ;
Car l'effroi dans sa veine avait glacé le sang !
Ce fils du *Potentat* qu'ils nomment *très puissant*
A bu tout le mépris dont sa coupe était pleine !
L'ombre du grand cadavre étreint dans Sainte-Hélène ,
En soulevant ses bras du fond des Océans ,
Incruste la terreur à tous les d'ORLÉANS ,
A tel point qu'ils n'ont plus dans leur poitrine vide
Que l'appétit de feu qui ronge un cœur avide ;
Honneur est un mot creux qui râle comme un son ,
Fait grelotter leurs chairs d'un sinistre frisson
Et se perd en échos sans frapper leurs oreilles.
Ils ont tous dévoré des insultes pareilles,

Et leur glaive jamais n'est sorti du fourreau.
Leur sang n'a pu salir que la main du bourreau !...

Tu ne saurais *descendre* avec *des* BONAPARTE !.....
Eh ! Lapon, quand Paris tonnant : *vive la Charte !*
Bondit par cent torrents du sommet des faubourgs ;
Quand ta race tremblante au bruit de nos tambours
Entrevit l'échafaud et, la trousse légère,
Mendia son exil à la plage étrangère,
Etais-tu donc si grand ? si plein d'un sot orgueil ?
On emprunta le trône au sapin du cercueil
Où le PEUPLE étendait ton *Altesse* flétrie !
Un jour, et l'on n'eût pas dégradé la Patrie,
Emmailloté sa gloire, amorti nos transports !
Un jour de plus, tendu sur les mêmes ressorts,
Le PROGRÈS en passant eût soufflé la poussière
Dont on a repétri la royauté grossière
Et plâtré des tyrans sur nos tyrans battus !
Rosolin eût traîné sa nullité dans l'ombre,
Meurtri par les éclats des trônes abattus,
Sans vertus, sans talens, étouffé par le nombre,
Et tordu de regrets, il sentirait qu'au poids
Le nom seul du GRAND-HOMME emporte tous les Rois...

L'Usage est un despote à volonté de chêne,
Qui sous nos pas tremblans fait serpenter sa chaîne,
Entrave le pardon, attise notre aigreur,

Et mesure au compas l'essor de la fureur....
Q'une bouche insolente ait déversé l'injure,
Un sein doit, dépouillé, s'ouvrir à la blessure
Et *réparer lui-même* un tort qu'il a souffert!
Jeu barbare! Et pourtant quand il nous est offert
On doit, c'est *point d'honneur,* à la voix ennemie
S'élancer.... le refus entache d'infamie!
Tu devais, D'ORLÉANS, aux chances du terrain
Te jeter pour enjeu; c'est une loi d'airain
Qu'on n'élude qu'au prix d'un aveu de faiblesse,
Et tu l'as proclamé!... Devant cette Noblesse
Qui peut venir demain se presser à ta Cour!...
Écoute, *lâche,* écoute; *un Bonaparte* un jour,
(C'était l'acteur qui tint l'univers pour théâtre),
BONAPARTE sentit qu'un bras opiniâtre
L'écartait sourdement du sentier de Moreau;
Consul, il assigna pour juge et pour barreau
Dans ce procès suprême un champ-clos et l'épée!
« Que la France, dit-il, n'en soit point occupée,
« Mais, c'en est trop, il faut en finir entre nous!...»

Et toi, PRINCE, tu peux te traîner à genoux
Devant qui t'a sommé d'expier une offense!
Et tu serais un Roi!... Ta fragile puissance
Entraînerait l'État dans un abîme affreux...
Si le Ciel décrétait cet arrêt rigoureux,

Jamais plus dur fléau, plus prompte épidémie
N'auraient su moissonner cette foule endormie,
Que le froid Egoïsme enchaîne à son poteau...

Quant à toi, vante-nous ces grâces de Château,
Qui devaient couronner ton grand anniversaire,
PHILIPPE-D'ORLÉANS; de son infâme serre,
Un *Gisquet* n'a pas craint d'arracher de nos bras
Ces Vainqueurs, dont le fer n'a peuplé que d'ingrats,
Tes palais élevés sous des feux de bataille!
Tu fis cribler leurs seins d'une épaisse mitraille,
Quand, de leur voix de bronze, ils ont sommé ta foi
D'étouffer l'Arbitraire, et d'appliquer la Loi;
Comme un beaume sacré sur nos saignantes plaies;
Puis, maintenant, on vient presqu'attacher aux claies,
Et rouler dans la fange un Peuple conquérant!
On presse, lame aux reins, ce bataillon souffrant
Au fond d'un sale égout, horreur de la Nature;
Et l'on jette leurs corps, en vivante pâture,
Au putride ramas de reptiles mordans!
A ce *Fort St.-Michel*, où nos Frères ardens
Vont chercher le trépas jusqu'au fond du repaire,
TOI, PRINCE D'ORLÉANS, dans un temps plus prospère,
On t'a vu renverser la torture de bois!
Eh Dieux! les Ducs sont-ils *plus hommes* que les Rois!

Crois-tu par des horreurs affermir ta couronne?
Imprudent! sache donc que le bras qui la donne
Peut aussi la broyer, dans un jour de courroux,
Sous le terrible choc des énormes verroux
Dont ta froide vengeance emprisonne leur vie.
Va, s'il te prend jamais la criminelle envie,
D'envelopper l'esprit de tes réseaux de fer,
On verra contre toi dégorger de l'Enfer
Tout ce que les démons ont inventé de rage,
Et *Roi* sera pour tous le plus sanglant outrage
Dont on puisse flétrir même l'atrocité!...
L'Europe se réveille aux chants de Liberté!
Qu'à travers les filets d'une Police immonde
On s'enlace les bras de tous les coins du monde,
Et le Peuple grandi scellera ses exploits
Sur les débris du trône et le rempart des lois!

J.-F. Destigny.

Chez PAULIN, libraire-éditeur, place de la Bourse; LEDOYEN, libraire,
Palais-Royal, galerie d'Orléans; et chez l'AUTEUR, passage du Saumon,
maison n° VI, hôtel des Étrangers.

SOUSCRIPTION:

Pour 52 livraisons. . . . . 40 fr.   Pour 13 id. 10
Pour 26 id. 20   Et 2 fr. de plus pour les départemens.

On trouve *la Barthélemiade* chez PAULIN et chez tous les libraires du
Palais-Royal. Prix : 1 fr. 50 cent.

PARIS. — IMPRIMERIE DE AUGUSTE MIE, RUE JOQUELET, N° 9, PLACE DE LA BOURSE.